KB083464

내 인생의
무지갯빛
스   승

**딸의 장애를 함께한
어느 엄마의 성장기**

딸의 장애를 함께한 어느 엄마의 성장기

내 인생의 무지갯빛 스승

초판 인쇄	2015년 4월 1일
초판 발행	2015년 4월 5일
지은이	임지수 · 유재윤
펴낸이	공홍
펴낸곳	케포이북스
출판등록	제22-3210호
주소	서울시 서초구 서초동 1599-2 엘지에클라트 302호
전화	02-521-7840
팩스	02-6442-7840
전자우편	kephoibooks@naver.com

값 9,500원

ⓒ 임지수 · 유재윤, 2015

ISBN 978-89-94519-60-9 03810

딸의 장애를 함께한 어느 엄마의 성장기

내 인생의 무지갯빛 스승

임지수 · 유재윤 지음

케포이북스
KEPHOI BOOKS

프롤로그

십 년의 터널을 겨우 빠져나왔다고 느낄 즈음, 아이의 손과 발, 급한 수술과 학교 문제를 어느 정도 해결하고 나니 시선을 주변으로 돌릴 만한 여유가 생겼다. 아이를 낳고 키우기 전에는 관심이 없어 보이지도 않던 사람들의 뒷모습이 내 주의를 끌었고, 그들의 비하인드 스토리가 더 흥미로웠다.

성공해서 빛나는 사람들보다, 현실의 높은 벽 앞에서도 좌절하지 않고 꿈을 향해 가는 사람들의 애환과 긴 그림자가 더 많은 이야기를 건네주었다.

내 손톱 밑 가시가 나를 아프게 했던 것만큼, 사람들은 자기만의 고통과 상처에 아파하면서도, 이겨내기 위해 안간힘을 쓰고 있었다.

생김이나 성격, 현실과 꿈, 신념과 가치관도 각인각색인 세상과 사람들 틈에 내가 있었다. 삶도 죽음처럼 다양했으며, 죽음 같은 삶도, 못다 산 죽음도 남의 일 같지 않았다. 이런 저런 사연을 안고 고난의 무게를 이기지 못해 삶을 마감하는 사람들 중에, 아이의 장애로 인해 죽음을 선택한 안타까운 사연이 내 가슴에 가장 깊이 꽂혔다.

불과 몇 년 전의 내 고민과 갈등 바로 그 지점에서, 두려움과 고통의 외로운 몸부림 끝에, 끝이 될 수 없는 길로 가버린 사람들을 더 이상 두고 볼 수만은 없었다.

나 같은 사람의 이야기도 도움이 될까 의심스러웠지만 어쨌든 그 절망의 순간을 지나 '지금 여기'에 있는 내가, 삶의 벼랑 끝에서 신음하는 사람들에게 손을 내밀고 싶었다. 장애와 무관했던 내가, 모성애와 상관이 없던 이기적이고 개인주의자인 내가, 신체에 장애를 가진 딸을 낳고 준비도 없이 덜컥 엄마가 되어, 아이를 통해 세상을 만나고 시련을 통과하면서 느끼고 경험했던 나의 이야기를 들려준다면 거기서 용기를 얻게 될지도 모른다고 생각했다.

장애를 가진 딸과 함께 웃고 울 수 있는 것은 내 의지나 능력만이 아닌 까닭에 나를 이끈 선한 손길과 도움도 자랑하고 싶었다.

아이를 키우며 겪었던 어려움과 절망의 긴 터널이 기쁨과 즐거움이 만발한 미래의 어느 곳을 향하는 통로가 아니라는 것과 희망과 절망, 고통과 환희가 촘촘히 엮인 모든 순간이 바로 우리네 인생이라는 깨달음은 나를 자유롭게 해 주었다.

절망의 순간에도 희망을, 고통의 나락에서도 환희를 선택할 자유가 내게 있다는 것은 죽음이 없는 영생의 복음과도 같은 것이었다.

이 글은 불합리하고 미비한 복지제도 속에서 나와 아이가 얼마나 고난을 겪었는지, 장애우에 대한 오해와 편견 속에서 사람 노릇하며 살기가 얼마나 고달팠는지에 대한 넋두리가 아니라, 아이를 통해 사람과 삶, 세상과 인생을 알게 된 엄마로서의 내 경험과 깨달음의 여정에 대한 이야기다.

또 겪어보지 않으면 절대 알 수 없는 세미하고 내밀한 이야기와, 당사자나 그 가족이 아니면 알기 힘든 어려움이나 제도의 허점 그리고 긴 안목에서 그들의 행복한 삶에 꼭 필요하다고 생각되는 문제들을 내 경험에 비추어 말하고 싶었다.

진화를 거듭한 각양각색의 요리가, 혀끝의 쾌락을 위해 재료의 맛과 향을 잃고 영양소를 파괴한다면 우리 몸에 어떤 의미가 있을까.

관심과 욕망을 자극하는 수많은 유혹들이 난무하는 세상에서 기본을 잃었을 때 어떤 일이 일어나는지, 나와 아이의 힘겨웠던 삶이 고스란히 말해 주고 있다.

특별하고 값비싼 것을 주목하는 세상에서 쉽게 잊거나 놓쳐 버린 기본과 근본, 원천의 결이야말로, 사람과 삶 그리고 장애우를 올바로 이해하고 도와주는 척도였음을 오랜 시간이 흐르고 나서야 깨닫게 되었다.

그것이야말로 일희일비, 좌충우돌, 부화뇌동의 헝클어진 세월이 내게 가르쳐 준 핵심이자 요점이었다.

마음이 먼저이고 기본이 우선이다.

바로 알아야 곧은 마음을 세우게 되고 근본과 기본에서 시작해야 장애와 더불어 당당히 살아갈 수 있다.

장애는 사람과 삶의 결이며 이야기이고, 나와 이웃의 인생이다.

피멍든 가슴과 찢어지고 해진 마음을 말과 글로 어찌 다 표현할 수 있겠는가. 한숨과 눈물이 섞인 행간의 여백에 내가 정말 하고 싶었던 말이 오롯이 담겨 있는지 모른다.

부끄러워 감추고 싶은 이야기에 진심으로 공감하고, 내가 하고 싶은 말을 누군가 대신 해 주었을 때 큰 위로가 되었던 나의 경험을 돌아보며 글을 쓸 용기를 내었다.

내가 아이를 키울 때 누군가 슬며시 건네주었으면 곁에 두고 위안이 되었을 책을 지금 내가 누군지 모를 그때의 나에게 선물하려고 한다.

나와 비슷한 처지에서 좌절하고 있는 누군가에게 손톱만큼의 위안이라도 될 수 있다면, 다시 내게 큰 위로가 될 것이다.

바람이 기도가 되어 책으로 나올 수 있도록 이끌어 주신 아버지 하나님, 묵묵히 기도로 힘을 보태어 주신 부모님과 가족들, 그리고 자기의 껄끄러운 이야기를 기꺼이 허락해 준 큰딸에게 다시 한 번 감사와 사랑의 인사를 전한다.

이 모두가 은혜이고 사랑이며 기적인 것 같다.

2015. 3. 찬바람 부는 봄의 길목에서

차례

제1막

두려움

....

장애아를 키우면서 행복할 수 있을까

용감한 순둥이

3대가 함께 사는 5남매 대가족에다 수다한 식솔들로 북적이던 우리집(친정)에서, 나는 한 번도 주연이 되어보지 못한 조연이었다. 잠깐의 카메오 주연이라면, 누구나 받는 귀여움과 사랑을 독차지했던, 내 기억엔 별로 없는 생후 5년여 정도였을까. 늦둥이 남동생이 태어나자 나는 졸지에 식구들의 사랑과 관심의 사각지대로 밀려나게 되었다.

순하고 엉뚱해서 꽤나 귀여워하셨다는 어른들의 추억담을 들어보면, 순진무구한 동심이 만들어낸 황당하고 어이없으면서도 나름 논리적인 에피소드들에 어린 내 모습이 겹쳐져 웃음이 절로 난다.

나는 집안을 여기저기 기어 다니다가도 방이나 문턱에서 그대로 잠이 드는 순둥이였고, 온 식구가 둘러앉아 밥을 먹을 때 심부름이라도 시키면, 돌아와 내 밥을 먹었는지 확인하러 한 사람씩 입을 벌려 검사했던 깍쟁이 사감이기도 했으며, 식구들이 다모이면 나눠먹으려고 찬장에 넣어 둔 얼굴만 한 사과를 몰래 꺼내 책상 밑에서 혼자 먹다가, 반쯤 남은 사과를 안고 잠이 들었던 사과 대장인데다, 사탕이나 과자를 선물로 받으면 오빠, 언니들, 동생 것까지 다 똑같이 나누고 나서 내 것이 없다고 울상 짓는 착한 헛똑똑이였고, 멀지 않은 곳에 이사를 한 날, 남의 집이 된 안방에 다시 찾아가 아랫목을 차지하고 앉아 두 눈 말똥거리며 주변 사람들을 웃게 만들던 엉뚱한 꼬마 아가씨였다.

지금도 명절이면 이야깃거리가 되는 희미한 기억 속 어린 내추억담은 오래된 흑백 두루마리처럼 펼쳐져 식구들의 환한 웃음을 자아낸다.

그랬던 내가 남동생에게 빼앗긴 식구들의 사랑과 관심을 되찾기 위해 고군분투, 악전고투하느라 바친 시간들은 나를 점점독립적이고 개인적인 성향으로 만들기에 충분했다. 미운 일곱 살을 앞두고 떡두꺼비 같은 남동생이 태어났으니 천상에서 가지고온 사랑과 천진함의 단물이 빠진 내가 할 수 있는 일이라곤 주로언니들과 싸우거나 노는 것뿐이었다.

나이 차가 많은 오빠나 큰언니는 상대하기도 버거웠고 관심도 없었지만 두 살 많은 바로 위의 언니랑 놀거나 싸우는 것은 언제나 재미있고 스릴이 넘쳤다. 작은언니와 나는 결코 주연이 될 수 없는 사각지대 이방인이라는 동질감과 함께 묘한 경쟁심까지 겹쳐 아침부터 잠자리를 트집 잡아 싸우다가 놀고, 또 밤에는 이불을 끌어당기며 티격태격하다 지쳐 곯아떨어지곤 했다.

장남, 장녀, 막둥이가 아닌 두 이방인들은 방학마다 친가나 외가로 보내졌는데, 종일 옥신각신 싸우면서 놀다가도 저녁 어스름 무렵이면 식구들이 생각나 노을 지는 석양의 툇마루에서 서로 어깨를 부여잡고 훌쩍거리곤 했다. 할머니는 계집애가 울면 재수 없다고 손녀들이 우는 것을 이유 불문하고 무섭게 혼내셨다.

집에 남아 피아노를 배워야 했던 작은 언니가 곁에 없는 방학의 기나긴 귀양살이는 황혼녘의 외로움과 쓸쓸함을 더해 주었지만, 매정한 할머니 앞에서 눈물을 보이는 게 자존심 상해 더는 울지도 않았다.

집에서는 위아래로 상대해야 할 적들의 틈바구니에서 치열하게 싸우거나 놀면서, 아니면 외로운 귀양살이로 고독을 견뎌내며 나는 함께 사는 법과 혼자 노는 법을 스스로 익혀나갔다.

독립적인 개인주의자로 자라 어른이 된 나는 가족이나 주변 사람들에게 마음의 상처나 피해를 주지 않고 제 할 일 똑 부러지게 하는 것이 효도요 사랑이라 굳게 믿었다. 다른 사람의 일에 참견하거나 누구에게 간섭을 받기도 싫었고 언니 오빠들과 물건을 나눠 쓰는 데에도 인색했다. 내 사탕 과자를 아낌없이 나누던 바보 천사는 온데간데없고, 내 밥을 먹었는지 살피고 우리가 살던 집 안방을 사수하던 깍쟁이, 욕심쟁이만 커다랗게 자라 있었다.

대가족 말단 서열, 사각지대 이방인에게는 발언권도 없는데다 위에서 벌어지는 중대한 사건들로 눈치만 늘어, 풀지 못하고 위로받지 못한 마음의 상처를 잊기 위해 나는 서서히 마음 문을 닫아걸었다. 울거나 징징대는 건 내가 할 일이 아니었다.

손윗사람들 간에 오고가는 이해할 수 없는 갈등과 문제 상황을 눈치껏 해석하며 나는 절대 식구들을 맘 상하게 하거나 내 일로 신경 쓰게 하지 않겠다는 다짐으로 스스로를 다독였다. 철이 없는 막내딸이 아니라, 말수 없고 냉정한 막내딸이 되어갔다.

'가지 많은 나무 바람 잘 날 없다'는 옛말처럼, 대가족, 군식구들 틈에서 산전수전을 겪다보니 사는 게 별것 없어 보였고 그다지 흥미롭지도 않았다. 내가 어떤 마음을 먹었든 우리 집, 가족들 사이에서는 여전히 많은 일들이 생겨났고, 누구도 내 마음의 변화를 눈치 채지는 못했다.

사랑과 이해를 못 받을 바엔 방관이나 무관심도 나쁘지 않았다.

학교를 졸업하고 직장을 다니는 동안, 남들 말하는 혼기가 차도 결혼은 내게 딴 나라 얘기였지만, 그렇다고 부모님 슬하에서 천년만년 살려는 생각은 꿈에도 없어 어떻게 하면 집을 나가 살 수 있을까 궁리하며 시간을 보내기도 했다. 과년한 딸자식이 집을 두고 혼자 나가 사는 것을 용납할 수 없는 당시의 사회와 집안 분위기 때문에 당당한 독립 출가는 언감생심, 꿈도 꿀 수 없었다. 내게는 결혼이 아니라 자주 독립이 화두였으며, 그것은 만세 삼창을 외칠 때까지 내려놓을 수 없는 궁극의 실마리였다.

예기치 않은 만남이 결혼을 거쳐 가정이 되는 과정만큼 드라마틱했던 결혼식이었다. 내 뜻과 무관한 집안일로 인해 나는 비장하고도 결연한 의지를 다진, 울지 않는 철의 여인, 12월의 신부가 되어야 했다.

내 의지와 상관없는 일은 커서도 스토커처럼 나를 따라다니며 수시로 괴롭혔고, 운명이 작정하고 태클을 걸면, 나는 비틀거리다 넘어져 다치는 수밖에는 도리가 없다는 걸 알게 되었다.

내 의지는 나를 도왔지만, 내 운명은 언제나 내 발목을 잡는 것 같았다.

결혼과 함께 합법적 동반 출가를 하여 출가외인이 되었으니 딸보다는 며느리, 아내로 살겠다고 다짐했다.

새 분위기에서 새 출발하면 억울하고 상처 난 마음에도 딱지가 앉아 언젠가는 흔적마저 사라질 거라고 생각했다.

굳세게 억세게, 울지도 않고 결혼식을 치렀으니, 불운도 불행도 다 사라지고 희망 찬 새 시대, 새날이 올 거라 기대했다.

친정과 전혀 다른 분위기 대가족의 일원이 된 내게 시댁의 생활방식은 낯설고 어색했지만 하루빨리 적응하려고 애를 썼다. 같은 사랑 다른 방식의 생활과 관심의 표현들이 좋기도 하고 때론 어색하고 부담스러워, 다른 나라에 이민 온 이방인 같은 느낌도 들었다.

결혼 전 친정에서는 관심의 사각지대 이방인이었다가, 결혼을 하고나니 문화의 이방인이 된 것 같았다.

좋고 나쁨이 아닌 다름과 차이를 인정하고 받아들이는 것이 손바닥 뒤집는 것처럼 그리 쉬운 일은 아니었다. 몸은 습관을 기억하고 있었고, 마음은 편안함을 바라고 있었다.

친정에서의 익숙한 편안함이 때때로 그리웠으며, 과거의 나를 잊고 새 출발하는 게 좋기만 한 것이 아니라, 낯선 긴장의 연속이라는 걸 알게 되었다.

딱딱한 독선과 단단한 아집을 버려야 차이를 말랑하고 유연하게 받아들일 수 있다는 걸 배우게 된 시간이었다.

내가 바라던 자주 독립과 자유 만세의 길은 어디서도 레드카펫을 깔고 날 기다려 주진 않았다.

호시탐탐 가시를 숨기고 나를 노리는 세상과 운명에 맞서려면 외로워도 슬퍼도 울지 않는 굳세고 용감한 금순이가 되어야 했다.

너의 장애는 나의 장애물

첫 진통을 시작한 게 새벽 3시 15분이었는데, 책에서 봤던 것과는 달리 10분 간격으로 진통이 왔다.

초산인데 이럴 수가 있나 싶기도 했지만 만일을 대비해 미리 준비해 둔 분만용품을 챙겨 서둘러 병원으로 향했다.

가는 도중 차 안에서 양수가 터졌고, 자다 깬 간호사의 시큰둥한 안내를 받으며 나는 분만실로 향했다.

아이를 낳는 것이 번갯불에 콩 구워 먹는 것과 같다는 건, 글로도 말로도 접해 보질 않아서, 첫 진통 후 불과 두 시간 반 만에 딸아이의 첫 울음소리를 듣게 될 줄은 꿈에도 몰랐다.

그것도 예정일을 보름이나 앞당겨.

누구는 진통이 짧아서 아이를 쉽게도 낳았다고 했지만, 큰아이를 낳을 때 느꼈던 진통과 생땀 나는 아픔이 정말 아무것도 아니었음을 작은딸을 낳고서야 확인할 수 있었다.

마지막 정기검진을 받으러 간 출산 예정일 보름 전, 담당 의사는 오늘 해 떨어지기 전 아이가 나올 거라 했다. 부랴부랴 출산용품을 챙겨 들고 병원에 들어간 지 30분 만에 작은아이가 태어났다.

첫 아이 때 두 시간 했던 진통을 30분만에 다 하려니 꼭 죽을 것만 같았다.

시간이 짧아서 그렇지 진통과 산통의 엑기스로만 채운 두 시간 그리고 엑기스의 엑기스 30분이었다.

몸은 마르고 골반도 작은데 아이는 어찌 그리 쑥쑥 잘 낳느냐 말들 했지만, 남들처럼 그렇게 오래 진통을 하다간 낳기도 전에 진이 다 빠질 걸 우려한 신의 한 수였을지도 모르겠다.

첫아이를 낳고 가늘고 높은 울음소리로 딸임을 직감했다. 무의식중에 곁의 간호사에게 "손과 발은 다 정상이냐"고 물었더니 짧은 정적 후 "공주입니다"라는 엉뚱한 대답만 들려주었다.

지친 산모의 안정을 위해 그녀가 할 수밖에 없었던 최선의 임기응변, 기지 넘친 대답이었을 것이다.

괜한 걸 물어본 것 같아 머쓱해진 나는 하릴없이 천장을 쳐다보며 공주와 왕비로 사는, 아이와 나의 핑크빛 동화를 상상해 보았다.

멋모르는 엄마와, 장애아를 받아 든 의사와 간호사의 분만실 동상이몽이었다.

시댁과 친정의 온 가족들이 얼마나 일사분란하게 움직였는지, 아이에게 문제가 있다는 걸 까마득히 몰랐던 나는, 검사를 받는다며 생후 일주일도 안 된 아이를 싸안고 병원으로 향하는 것도, 푹 쉬어야 한다고 내 눈을 피해 아이 기저귀를 갈고 옷을 갈아입히는 것에도, 어떤 의심조차 품지 않았다. 다만 중환자처럼 꼼짝없이 누워 있어야 하는 것에 불평을 해댔고 산모와 아이를 돌본다고 식구들이 쉴 새 없이 드나드는 불편을 감수해야 하는 것만 힘들어했다.

내 몸을 내 맘대로 못 쓰고 누워 있어야 하는 건, 아이를 낳는 것만큼이나 고역이었고, 마음 편히 쉴 수 없는 환경과 부산한 움직임에 짜증이 차올랐다. 조용하고 정돈된 일상이 마구 흐트러졌고, 꼭두각시가 된 기분이 즐거울 리 없었다.

아이 하나에 온 식구들이 달라붙어 바쁘게 움직이는 것이 낯설고 의아했지만, 육아의 경험이 없던 내가 그 상황을 컨트롤할 수는 없었다. 컨트롤은커녕 상황파악도 못하는 허수아비였다.

보름 후에야 언니를 통해 듣게 된 아이의 장애와 그간의 검사, 진료상황들은, 둔기로 머리를 호되게 얻어맞는 느낌으로 다가왔다.

아기의 손과 발에 이상이 있어 수차례 수술을 받게 될 거라고 했다.

머리나 다른 곳은 이상이 없어 불행 중 다행이라 했지만, 그걸 다행이라 생각할 수도 없었다. 너무 놀라 머릿속이 하얘졌고 가슴이 쿵쾅거렸다.

당장 아이의 몸을 샅샅이 살피고 확인하고 싶었지만, 가슴과 손이 떨려 그럴 수가 없었다.

'손과 발이라니……'

'왜 하필 거기지……'

'그날 내가 간호사한테 물어봤을 때 뭐라고 했더라……'

'걸을 수 없는 발, 사용할 수 없는 손……'

'그러면 내가 아이의 평생 손과 발이 되어야 한단 말인가……'

'딸아이를 태운 휠체어를 밀고 다니며 손과 발이 되어야 하는 나……'

'나는 아이의 보조자로 평생을 살아야 하나……'

'이제 난 어떻게 하지……'

꼬리에 꼬리를 문 생각이 거기까지 이르자 눈앞이 깜깜했다.

아이의 몸에 장애가 있다고 했지만 그건 아이에게 국한된 장애가 아니라, 내 인생의 장애였다.

　아이가 사용할 수 없는 손과 발이 되려면 내 삶을 포기해야 될 텐데, 그렇게 사는 것이 내게 무슨 의미가 있을까 싶었다.

　나는 아이의 그림자가 되려고 세상에 태어나 엄마가 된 것이 아니고, 아이도 나를 평생 곁에 두고 부리기 위해 태어나지는 않았을 테니, 대체 어디서 딸과 내가 살아야 할 의미를 찾을 수 있단 말인가.

　그날 그 밤은 깊고도 어두워, 길을 잃은 아침이 영영 다시 돌아올 것 같지 않았다.

　다음날이 되어서야 마음을 가라앉히고 아이의 몸을 찬찬히 살펴보았다.

　태내에서 오랫동안 탯줄을 감고 있던 한쪽 종아리는 공처럼 부풀어 굽어 있었고, 양손 엄지를 제외한 미완의 손가락들은 부족한 마디와 뒤엉킨 살들로 형태조차 손이라 하기 어려울 만큼 참담했다.

　어제의 상상처럼, 이런 다리로는 땅을 딛고 똑바로 설 수 없어 보였고, 이런 손으로는 사람 구실을 할 수 없을 것 같았다.

　겨우 미숙아를 면한 조그만 아이의 천사 같은 얼굴을 보면 미소 짓지 않을 수 없었지만, 포대기 속에 숨은 그 끔찍한 손과 발은 언제나 얼굴 위로 오버랩되어, 가벼워지려는 마음을 자꾸만 무겁게 짓눌렀다.

내 손으로 아이를 안고 씻기면서, 아이의 몸에 익숙해지려 애를 썼던 것처럼 마음이 함께 움직여 주지 않는 것을 나도 어쩔 수가 없었다.

원치 않아도, 하기 싫어도, 나는 엄마니까 아이를 위해 손과 발을 부지런히 놀려야 했다. 보고 싶지 않아도, 마음이 쓰려도, 내 아이니까 쓰다듬고 보듬어야 했다.

원하는 대로, 계획한 대로 살아온 나는 이제, 내 소망과 계획을 세울 수 없는, 장애아의 엄마가 된 것이었다.

두려운 상상과 암담한 현실 사이에서 갈팡질팡하는 엄마의 품에서도, 아이는 무럭무럭 커갔지만, 엄마인 나의 몸과 마음은 걷잡을 수 없이 사그라들고 있었다.

아이의 장애와 장래를 온전히 떠안고 평생 이렇게는 살 수 없을 것 같았다.

아이를 낳기 전과, 낳은 후의 세상은 모두가 달라져 있었다.

중요해서, 즐거워서, 필요해서 놓칠 수 없었던, 그래서 생각과 기억 속에 꼭 담아 두어야만 했던 신념, 사상, 개념과 상식들은 아무짝에도 쓸모가 없었고, 대신 그 자리를 육아의 정보와 장애의 치료가 다 차지해 버렸다.

나를 나이게 하는 '충실한 엄마' 역할은, 지금껏 가지고 살아온 내 모든 것이 불필요한 허접쓰레기라고 알려줄 뿐이었다. 마치 세상은 장애인과 비장애인 그리고 엄마라는 세 부류로 구성된 것처럼 보였다.

출산과 함께 '엄마'그룹에 편입된 나는 하필, 듣도 보도 못한 장애인의 엄마가 되어야 했다.

가슴과 머리, 심지어 몸이 기억하는 모든 것을 내버려야 내 아이, 장애인의 엄마로 거듭날 것 같았다.

아이에게 내 인생을 통째로 헌납할 마음이 추호도 없던 내게 아이의 장애는 내 인생의 장애물임이 틀림없었다.

내가 예고한 불행

중학교 2학년 때, 반에 소아마비를 앓던 친구가 있었다.

특별히 가깝게 지낸 사이가 아니어서 가끔씩 눈이 마주치면 살짝 웃으며 인사를 나누곤 했었는데, 다들 입는 교복 치마 대신 언제나 바지를 입고 다니는 것에 한 번 더 눈길이 가는 정도였다.

나는 그 친구가 왠지 서먹하고 낯설었다.

누구도 그녀를 소아마비라는 이유로 놀리거나 외면하지 않았지만, 나는 내성적이고 말수도 없이 늘 자리를 지키고 앉아 공부만 열심히 하던 그녀와 더 가까워지려고는 하지 않았다.

아무도 그 친구의 장애에 대해 말하지 않았고, 무엇이 힘든지, 어떤 도움을 필요한지, 무엇을 잘하고 무엇을 좋아하며 꿈이 무엇인지, 알고 싶어 하지 않았다.

이목구비 단정하고 예쁜 미소가 귀여웠던 친구의 얼굴이 무거운 가방과 경사진 학교 언덕과 많은 계단 때문에 땀으로 범벅이 되는 아침마다 나는 괜히 미안하고 민망한 마음에 어쩔 줄 몰랐는데, 그렇다고 달리 뭘 해 줄 수도 없었다.

큰 언덕을 두 개나 걸어 넘어야 갈 수 있었던 학교는 내게도 힘이 드는 등굣길이었으니까.

아는 것이 너무 없어 가까워질 수 없었던 우리 사이의 마음의 거리는 시간이 지날수록 점점 더 벌어지는 것 같았다.

그냥 눈에 보이는 대로만 생각했던 어린 나는, 다른 친구들에게 하듯 스스럼없이 그 친구에게, 집은 학교에서 먼지, 나처럼 만화 〈캔디〉를 즐겨 보는지, 어떤 과자를 좋아하는지, 언니나 오빠, 동생 때문에 속이 상한 적은 없는지 같은 소소한 일상도 물어보지 못했다.

무슨 편견이 있어서라기보다는 사시사철 입는 친구의 교복바지가 낯설었고, 아침마다 가쁜 숨을 몰아쉬며 교실에 들어오는 그녀의 모습이 미안하다 못해 불편했기 때문일 것이다.

또 매일 아침 힘든 등굣길을 얼굴 한 번 찡그리지 않고 들어와, 숨 한 번 크게 몰아쉬고 땀을 닦은 후 금방 평온을 되찾아 책을 펴드는 그 친구가, 놀랍고도 신기할 따름이었다.

또 친한 친구들과 어울려 지내는 학교생활이 너무 재미있어, 다른 벗들에게 신경 쓸 겨를도 없었다.

수업 중 친구들과, 선생님 몰래 나눠먹는 새우깡, 초코파이,

에이스의 감칠맛과 주변에 넘쳐나는 웃기고 재미있는 이야기 거리들로, 입과 온몸이 근질거려 참을 수가 없었다. 우리는 쉴 새 없이 재잘대고 신나게 떠들었다.

떠들지 않는 자 먹지도 말라고 주장하던 우리들은, 못 말리는 '중 2'였다.

언제나 똑바로 앉아, 한눈 한 번 팔지 않고 선생님 말씀에 귀 기울이던 그 친구는, 나와는 도저히 친해질 수 없는 '가까이 하기엔 너무 먼 당신'일 뿐이었다.

어쩌면 쉬는 시간마다 쉴 새 없이 조잘대는 우리들이, 그녀 역시 불편하고 낯설었을지 모르겠다.

학년이 바뀌고 고등학교로 진학을 하면서 영 헤어져 아예 머릿속에서 지워진 그 친구가, 세월이 흘러 몸이 아픈 큰아이를 낳고 난 어느 날 갑자기 떠올랐다. 고등학교는 어디로 갔으며 그 후 어떤 인생길을 걷고 있는지 궁금해졌다. 아니 그 친구가 아니라 내 손길만 의지하고 있는, 친구의 소아마비보다 열 배 스무 배 어려움을 가지고 태어난 딸의 미래가 더 궁금했었던 것 같다.

아이 곁에 친구가 없어 외롭지 않을까 두려웠고, 학교를 어떻게 다닐지를 상상하며 불안했다. 두 발로 서서 걸을 수나 있을지, 손에 펜을 쥐고 필기나 할 수 있을지, 친구들이 놀리거나 따돌리지는 않을지, 이런저런 걱정과 불안한 상상은, 엔딩 없는 드라마처럼 날마다 우울한 스토리를 새로 만들어 주었다.

장애가 있으면 불편하겠다는 결혼 전의 막연한 생각은, 막상 내 아이가 장애를 가지고 태어나자 불쌍하다는 걸로 바뀌었고, 엄마인 나도 덩달아 처량해졌다.

몸이 온전하지 않다는 것, 외관상 정상이 아니라는 것 그리고 건강하게 태어나지 않았다는 사실만으로, 나와 우리 가족은 불행한 운명의 단단한 굴레를 뒤집어 쓴 것만 같았다.

답답하고 버거워도 어찌할 수 없는 굴레.

아이의 몸이 정상이 될 때까지는 벗지 못할 멍에.

내 앞에 놓인 삶은 아이로 인해 불행하게 예고된 것이 틀림없었다.

불운은 나를 끝없이 쫓아다니며 호시탐탐 기회를 엿보다가, 기어이 내 발목을 잡고야 마는 것이었다.

왜 나를 제 밥으로 여겨, 희생 제물로 삼으려는지 알 수가 없었다.

나는 불운과 비련의 주인공답게, 평생 아이의 뒤치다꺼리를 하며, 건강한 아이를 낳지 못한 죄책감을 안고 살아가야만 하는, 초라한 그림자 엄마일 것이다.

이방인이건 사각지대건, 건강하게 태어나 가족의 울타리에서 큰 탈 없이 살아온 것만으로도 분에 넘치는 축복이었다는 것과,

이제 다시는 돌아갈 수 없는, 험한 가시밭길이 내 앞에 놓여 있다는 인식은, 감사와 기쁨 그리고 두려움과 좌절이라는 놀라운 각성의, 상반된 두 얼굴이었다.

고통과 슬픔, 기쁨과 환희의 순간은 가슴이 이끄는 몸의 반응이지만, 시간이 걸러준 생각의 알갱이들은 무엇이 아픔이고 축복이었는지를 선명하고 명료하게 일러준다.

내 유년의 추억들은 새록새록 감사로만 밀려왔고, 일상의 소소했던 기억들도 알록달록 화려하게 채색되었다.

지난 축복을 되새김질하며 즐기기엔 발등의 불이 너무 뜨거웠고, 피할 수 없는 현실의 가시밭길은 어수선하고 심란할 따름이었다.

웃음이 사라진 자리엔 우수(憂愁)만 맴돌았고, 아이를 보고 있으면 한숨부터 나왔다.

열 달 동안 내 속에서 동고동락했던 아이가, 그때 그 친구처럼 너무 미안하고 가여워서 불편해져버렸다.

우리의 만남은 언제 어떻게 틀어졌는지 모르는 '잘못된 만남'이었다.

행복 끝 불행 시작.

이렇게 단정 짓고 불행을 시작하려는 나만의 호각소리는, 세상의 모든 부정과 두려움과 좌절의 아우라를 모아들였다.

그건 어두움의 향연에서 주인공이 되려는 내 의지의 신호탄 이기도 했다.

그것은 예고된 불행이 아니라, 내가 예고한 불행이었다.

나는 누구인가, 여기는 어디인가

장애를 가진 아이를 낳고서야 길과 병원, 텔레비전과 신문, 라디오를 통해 주변의 장애인들을 돌아보게 되었다. 이때껏 그 사람들과 같은 하늘 아래 살고 있었다는 사실이 놀라웠다. 그동안 내가 직접 만난 장애인은 열 손가락으로 셀 정도였는데, 그러면 도대체 이들이 다 어디에 있었는지 궁금하기 짝이 없었다. 그렇다고 내가 장애인들을 피해 다녔던 것도 아니었는데 말이다.

아는 만큼 보인다 했으니, 장애인에 대해 관심도 없고 아는 것도 없는 내 눈엔, 그들이 곁에 있어도 보이지 않는 존재였을 것이다. 하긴 내가 임신해 배가 불러 있을 때는, 거리에 온통 임신한 여인네들 천지였으니까.

세상에는 듣도 보도 못한 별의별 장애가 다 있었고, 장애를 지니게 된 사연도 가지가지였다.

장애인만으로도 나라를 세울 수 있을 것 같았다.

이따금 길에서 마주치는 장애인들에게 크게 해를 끼치거나 별난 도움을 주지도 않고, 그렇다고 특별한 거부감이나 친밀감도 없이 어른이 되고 보니, 유년기와 학창시절을 거치는 동안 그들의 어려움이나 아픔에 깊숙이 들어가 함께 공감하거나 고통을 나눠본 적이 없었던 내가 한심하고 후회스러웠다.

왜 나는 그들의 삶에 관심이 없었던 걸까?

어려서는 가족이라는 우물 안, 대가족의 틈바구니에서 부대끼며 놀고먹느라 세상을 몰랐고, 좀 더 커서는 정치, 사회적 이슈와 대의에 편승해 의분하느라 타인과 개개인의 삶을 짐짓 무시하였다.

세계정신, 사회 변혁, 변증법 그리고 혁명 같은 상아탑의 거대 담론은 '나' 조차 부정하게 만들었기 때문에, 나를 포함해 타인의 개인사나 가족사 같은 사소하고 소소한 일에는 관심을 둘 수 없었다.

우리의 이상과 도달해야 할 유토피아는 분명했고, 그러기 위해 모두 한 마음 한 뜻이 되어 나가야 했기 때문에, 각자가 처한 어려움은 스스로 극복해야 할 지극히 개인적이고 자질구레한 일일 뿐이었다. 그런 건 손톱이나 발톱을 깎는 것처럼 각자 해결해야 할 사소하기 짝이 없는, 나와는 아무 상관이 없는 '당신들'의 일이었다.

주제 파악도 못하고 관념의 뜬구름에 올라 타 세상을 냉소하는, 겉멋 제대로 찐 청춘이었다.

당연히 학과 선배의 소아마비나 최루탄에 한쪽 눈을 잃은 후배의 고통도 시간이 흐르자 관심 밖, '당신들'의 일이 되었고, 그것이 그 사람의 남다른 성장과정이나 성격, 개성과 미래의 한 부분이 될 수 있다고는 한 번도 생각해보지 않았다.

사건은 사건 자체보다 그것이 사건이 되기까지의 과정이나 사건 이후의 일상과 마무리의 과정에서 더 많은 이야기와 의미를 가지고 우리의 삶을 바꾸고 변화시켜 주지만, 눈을 감고 귀를 막아버리면 도로아미타불이 되고 만다. 관심이 없으면 알기도 어렵고, 모르면 폭넓게 성숙할 수가 없는 법이다. 일상과 현실, 사람의 역사 속으로 들어오지 못했던 나는, 관념의 옷을 걸쳐 입은 채 사람과 삶을 겉돌고만 있었다.

또, '잘 살아보세'로 압축되는 새마을 운동과 고도성장의 시대적 이데올로기는, 뜯어고치고 개량하고 다듬으면 더 좋고 앞선 것이라는 정치적 선동과 맞물려, 고치지 못한 불편함이나 어려움을 나쁜 것, 개선해야 할 것으로 나의 무의식 속에 깊숙이 저장되었다.

우물 안 개구리 같은 잘못된 인식의 연장선상에서는, 생활에 불편을 주는 장애 역시, 치료와 수술을 거듭하여 고치고 다듬고 치워내야 할 '장애물'일 따름이었다. 장애는 흉이고 허물이고 불편이니까, 언젠가는 벗어내야 할 족쇄이고 굴레라 생각했다.

꿈과 이상을 위해 자잘한 개인사를 애써 외면하며 살아왔던 씩씩한 내가, 딸의 장애 앞에서 나락으로 굴러 떨어져 버리게 된 건 순식간이었다.

일상은 이상과 꿈을 이루기 위해 거쳐 가는 소모품일 뿐이고, 그날과 그 때를 위해 견디며 지나야 할 과정이라 여기며 살아왔는데, 꿈은커녕 사소하고 하찮은 일상에 발이 묶여 옴짝달싹 못하고 있는 형편이었다. 정의가 강물처럼 흐르는 시대를 위해, 진보와 변혁의 도도한 물결을 용감하게 타야 할 내가, 옷이 더러워졌다고 물가에 나와 앉아버린 꼴이었다. 게다가 아무리 부정하고 합리화해도 지워지지 않는, 장애아 출산에 대한 원죄의식은 나를 점점 벼랑 끝으로 몰고 갔다.

누가 나를 그렇게 만든 게 아니라 내가 스스로를 그렇게 옥죄고 몰아댔다.

이 모든 걸 하루아침에 받아들일 수는 없었다. 엄마라는 단어조차 낯선 내가, 믿을 수 없는 현실을 수용하고, 신념과 자아를 송두리째 깨버려야 하는 건 견딜 수 없는 일이었다.

사람이 어떻게 카멜레온 몸 색깔 변하듯, 주변 환경에 따라 그렇게 빨리 변할 수 있단 말인가. 현실과 시간은 내 물음에 답을 해 주지도 않았고 정신을 가다듬을 때까지 기다려 주지도 않았다.

사막에서 물이 떨어진 여행자처럼, 오아시스를 만날 때까지, 물을 건네 줄 사람을 만날 때까지, 걷고 또 걸어야 했다.

대체 무엇이 어디서부터 잘못된 것이었을까.

아이의 기저귀를 갈거나, 옷을 갈아입힐 때, 또 목욕을 시키거나 우유를 먹일 때도, 내 시선은 아이가 아니라 자꾸만 나와 내 과거를 향해 있었다.

언니 동생들과 번갈아 싸우던 어린 시절, 호기심 충만하고 말똥만 굴러가도 자지러지던 학창 시절, 시대의 우울을 안고 살던 잿빛 대학 시절, 경제적으로 자유로워 거칠 것 없던 사회생활 등 그다지 대단하거나 특별하지 않았던 시간들이 왜 뜬금없이 나를 지금 여기에 데려다 놓은 건지 궁금하고 또 억울했다.

왜 불운의 스토커는 한 번도 나를 놓치지 않고 따라다니며, 자꾸 괴롭히는지 알고 싶었다.

이대로 삶을 끝내거나, 시간을 되돌리고만 싶었다.

아이의 장애 앞에서 내 지난 세월은 다 헛것이고 그림자였다.

숱한 시간 나를 나이게 만든 꿈, 희망, 신념, 의식, 믿음. 이런 것들이 다 물거품이 되어 사라져갔고, 그 자리엔 장애에 대한 객

1993년 5월 재윤이 백일 전. 교정기를 차고.

관적 인식도 갖추지 못하고, 미래의 불안과 두려움에 몸서리치는 약하디약한 존재만 엄마의 이름으로 남아, 공허와 허무를 곱씹고 있을 뿐이었다.

　내가 어디로 가고 있는지, 어디에 서 있는지, 왜 이러고 있는지, 어떻게 해야 하는지 알지 못한 채, 사소하고 하찮은 일상과 시간이 의미도 없이 흘러만 갔다.

　어떻게 이 현실을 받아들이란 말인가.

좋은 엄마가 될 수 있을까

나에게서 건강한 아이가 태어나지 않았다는 것만큼이나 나와 내 아이가 타인의 불편한 시선을 받는 것 또한 받아들이기 어려웠다. 아이가 지닌 장애는 매일 매 순간 내 장애물이었고 내 수치였다.

내 눈에도 불편하고 낯선 아이의 손과 발을 다른 누구에게도 보이고 싶지는 않았다.

아이를 안아보고 고사리 같은 손을 한번 만져보는 것이 사람들이 아기에게 하는 호의적 인사라면, 내 아이는 그런 인사를 받아볼 수 없는 몸이었다. 더운 여름에도 행여 누가 볼까 조바심을 내며 손과 발을 싸고 감추었다.

집에서는 두 다리를 반듯하게 펴서 고정시키는 보조기를 끼고 있어야 했기 때문에 외출도 쉽지는 않았다. 아이를 데리고 동네를 산책할 시간이 없어서가 아니라 그럴 마음이 없어, 병원 진료가 아니면 되도록 바깥출입을 삼갔다. 아이의 흉한 모습을 들킬까봐 두려웠고, 그런 두려움으로 세상과 사람을 만나고 싶지도 않았다.

나는 장애인들에게 선입견이나 편견 없이 살아왔다고 생각했지만, 그들의 장애를 있는 그대로 바라보고 긍정적으로 수용하지 못한 것이 선입견이요 편견이었다는 걸 알게 된 것은, 오랜 시간이 지난 후였다.

딸아이의 장애 앞에선, 모든 일상이 내게 두려움이었다.

어쩌면 장애에 대한 몰이해와 강한 거부감이, 내 마음 깊은 곳에 오랫동안 똬리를 틀고 있었는지 모른다.

내 시선은 언제나 아이를 통해 다시 나에게 돌아와 꽂혔고, 내 생각과 망상이 빚어내는 두려움과 불안은 나를 매일 조금씩 옭아매었다. 아이를 씻기고 먹이고 옷 입혀 병원을 오가느라 온종일 아이 곁을 지켜주고 있었지만, 나는 아이와 서로 다른 숨을 쉬었다. 아이의 긴 호흡은 우주의 생기를, 나의 긴 한숨은 세상의 탁한 기운을 다른 방식으로 그러모아 각자의 몸에 채웠다.

아이가 미래와 푸른 하늘을 바라보는 동안, 나는 어둡고 칙칙한 과거와 땅만 내려다보았다.

밥을 먹기도, 누구를 만나기도 싫었다. 잠든 아이 곁에 멍하니 앉아, 밑도 끝도 없는 생각과 잡념으로 시간을 보내기 일쑤였다. 영혼 없는 일상은 반복되었고, 생기 없는 육아가 다반사였다.

아이의 초롱초롱한 눈을 피해 손과 발에만 시선을 맞추며, 한숨을 반찬 삼아 억지로 밥을 삼켰다.

이렇게 무기력하고 우울한 엄마의 손길로도 아이는 하루가 다르게 커갔고, 수차에 걸친 힘든 수술을 용케도 견뎌내며 천천히 자랐다.

사실 그때까지는 장애가 아이에게 큰 문제가 될 것 같지 않았다. 놀라운 의학의 발전이 아이의 몸을 어떻게 만들어 줄지는 모르는 일이니, 희망의 끈을 놓지 않고 조급하게 안달하지 않으면 되는 거였다.

머리나 심장처럼 생명을 좌우하지 않으니, 어려움을 참아내며 의학의 힘을 믿고 따라만 가면 저절로 해결될지도 모르는 일이었다.

계획대로 치료와 수술을 받으면서 어려우면 어려운 대로, 쉬우면 쉬운 대로, 순리대로 살면 된다는 걸 받아들이지 못하는 내가 문제였다.

있지도 않은 일을 걱정하고 최악의 상황을 상상하며 두려워하였고, 차곡차곡 쌓여가는 스트레스와 불안과 좌절감과 우울을 억지로 참아내며 풀 길도 찾지 않았다.

1993년 6월. 백일 즈음.

무엇이 내가 삶을 통해 극복해야 할 일이고 무엇이 하늘의 뜻인지 알 수 없었던 나는, 아이의 장애를 우연이고 돌발이며 부자연스러운 것이라고만 생각했다. 아이가 가진 신체의 장애는 부자연스러운 일이기 때문에 역리를 순리로 바꾸는 것이 나와 아이를 위한 최선이라 여겼다. 그렇다고 생각대로 몸과 마음이 움직여 준 것도 아니었다. 지치고 늘어진 몸과 마음이 건강한 생각에 태클을 걸어, 넘어지고 자빠진 적이 부지기수였다.

사람은 몸으로 세상을 만나지만 몸을 움직이는 것은 마음과 생각, 의지와 욕망이라는 걸, 편견과 두려움에 둘러싸인 나는 잊고 있었다.

아이 곁에서 몸의 뒷감당 못지않게 밝은 마음과 맑은 생각의 씨앗을 심어줬어야 했다.

내가 무엇을 놓치고 있는지, 어떻게 해야 하는지, 나 스스로와 엄마로서의 나를 돌아볼 수 있도록 누군가 치유하고 안내해 주었거나, 마음에 두고 새길 만한 이야기나 경험담을 들려주었다면 얼마나 좋았을까, 생각할수록 두고두고 아쉬운 대목이다.

창가에 비치는 아침 햇살도 반갑지 않았고, 해지는 황혼녘의 고즈넉함도 견디기 힘들었다. 날이 맑건 흐리건, 비가 오건 눈이 내리건, 마음이 돌처럼 굳어버린 나와는 아무런 상관이 없었기 때문에, 편하고 보기 좋은 일이나 불편하고 부담스러운 것조차 의미 없이 스쳐갔다. 내가 처한 세상은 유리벽 안에 갇힌 진공 상태인 것도 같았고, 텅 빈 극장의 무대 같기도 했다.

아이가 잠든 초저녁이면, 감옥 같은 거실의 캄캄한 어둠 속에 홀로 앉아 맥주를 홀짝이며 답답한 마음을 풀어보곤 했는데, 그걸로 웅어리진 가슴이 풀릴 리 없었다. 빈속에 들어가는 알코올의 싸한 느낌만이 나를 깨워, 몸을 망가뜨리고 있을 뿐이었다.

아이를 안고 잠이 드는 밤이면 그대로 아이와 함께 영영 깨지 않기를 염원했고, 병원을 오가는 길에서는 아이와 함께 차도로 뛰어들고만 싶었다.

기가 빠진 몸에 음식 섭취도 부족해, 영양결핍에서 오는 면역력 이상 증세가 나타났다. 아이를 돌보기도 버거운데다 내 몸 살필 여력도 없어, 처방해준 약을 한편에 치워둔 채, 평생 그런 약에 의지해야 하는 내 신세를 한탄하며 술잔을 기울였다.

몸과 마음의 병은 깊어만 갔다.

극도의 우울과 상실과 좌절감, 분노 같은 부정적 감정들이 나를 지배하고 있던 터라, 수시로 악몽에 시달렸으며, 사는 것이 힘에 겨웠다.

그렇다고 아무에게나 이런 마음을 털어 놓을 수는 없었다.

장애아를 낳고, 도리어 엄마인 제가 힘들어 한다고 손가락질할 것만 같았다.

아이의 손발처럼 내 마음의 상처도 세상에 드러낼 수가 없었다.

숨기고 감출 것이 많은 내가, 아이를 건강하게 키워 낼 엄마가 될 수는 있을지, 스스로에게 묻고 또 물었다.

'나는 좋은 엄마가 될 수 있을까?'

아니, 오히려 이렇게 물어야 했다.

'나는 몸과 마음이 온전한 사람이 될 수 있을까?'

1994년 5월. 돌 지난 후.

제2막

현실

⋮

알 듯 모를 듯

천진한 테러리스트

백일을 막 지나고부터 시작된 수술은 6개월에서 1년 간격으로 계속되었다. 입원과 수술, 병상치료와 통원치료를 포함해 병원을 드나드는 한 달여 기간을 뺀 나머지는 매일 물리치료를 받으러 다녀야 했고, 수술로 축난 몸을 보강하여 다음 번 수술을 위한 좋은 컨디션을 준비해야 하는, 긴장된 시간이었다.

입원과 수술보다 더 힘든 일상이었다.

아이가 엄마에게 어떤 존재인지, 엄마가 아이에게 어떤 사람인지, 우리 모녀의 인연은 이번 생에서 무엇을 위한 것인지 모른 채 덜컥 엄마가 된 나 같은 사람은, 출산 후 벌어지는 모든 일에 의연하게 대처할 수가 없었다. 내 한 몸 챙기기에도 부족한 내가 아이를, 그것도 몸이 불편한 장애아를 키워내기란 쉬운 일이 아니었다.

육아의 스트레스로 입맛을 잃어 영양 결핍에서 오는 알레르기가 생겼고 우울증과 자아상실감도 풀지 못한 채 아이를 챙겨야만 하는 어려운 형편이었다.

운동과 섭식으로 몸의 문제를 해결할 수는 있었지만, 마음과 정신의 문제는 적절한 상담과 치료를 받았어야 했다. 죄책감, 두려움, 편견, 피해의식, 상실감 같은 정신적 문제의 시의적절한 치료가 병행되었더라면, 훨씬 더 빨리 나와 아이가 편안해졌을 것이다.

아이의 치료에 급급했던 나는, 건강한 엄마가 건강한 아이를 키울 수 있다는 기본을 잊고 있었다.

내게 제일 중요한 것은 어렵게 잡아 놓은 수술을 제 날짜에 하기 위해 아이를 보살피는 것이었기 때문에, 수술 날이 다가오면 행여 감기라도 걸려 수술에 차질이 생길까봐 창문도 제대로 열지 못하고 음식에도 특별히 신경을 써야 했다. 아이와 눈 맞추고 여유롭게 산책을 하는 일상은 꿈도 꿀 수 없었다.

병원에 입원하여 수술을 하고 퇴원하기까지 몸이 고달프다면, 퇴원하여 통원치료를 받으면서 다음 번 수술을 준비하는 일상은 몸과 마음이 고단한 시간이었다. 아이를 하루 빨리 정상으로 만들기 위해 마음은 조급했고 아이 입에 들어가는 음식과 아이의 몸이, 내 몸보다 더 중요했다.

아이를 위해 몸과 마음이 피폐해진 엄마가 아이를 건강하게 키울 수는 없었다. 제대로 먹지 못해 수척해진 몸과 날로 예민해지는 신경, 풀지 못한 스트레스는 직간접으로 고스란히 아이에게 돌아갔다.

한 번도 멈추지 않는 기계처럼, 나의 몸은 너무 돌려 과열되어 고장 나기 직전이었다.

여유도 배려도 소통도 없는, 혼자만의 악전고투였다.

수술을 위해 금식을 시키느라 배가 고파 자지러지는 아이에게 물도 제대로 먹이지 못해 애태우던 수술 전날 밤의 길고도 긴 시간과, 마취 주사에 시체처럼 늘어진 채 의사에게 안겨 수술실로 향하던 새처럼 작고 조그만 아이와 그걸 지켜봐야만 했던 가슴 먹먹했던 순간, 깁스를 한 손과 발이 답답해 밤마다 울고 칭얼대는 아이를 달래던 일, 그리고 굽은 다리를 펴기 위해 밤낮없이 신기고 채워야 했던 교정기와 신발……. 나도 나였지만, 수술 전후 그 무섭고 불쾌했던 경험들이 아이의 인성에 고스란히 스며들 것 같아 은근히 걱정되었다.

또 여러 번의 전신마취 후유증이 언제 어떻게 나타날지도 의문이었다.

그렇다고 달리 뭘 어떻게 해 줄 수도 없었다.

몸을 위해 마음을 포기해야 한다고만 생각했다.

어른도 하기 힘든 수술을 수차례나 하면서 그 힘든 시간을 견디어낸 아이는, 엄마의 우려처럼 신경질적이지도, 고집을 부리며 떼를 쓰지도 않고 순하고 착하게 자라났다.

꿰맨 상처를 소독하고 깁스를 풀 때 무섭고 아파서 눈물을 뚝뚝 흘리다가도 의사 선생님께 고맙다는 인사를 잊지 않는 상냥함과 어른도 뜨거워 만지기 힘든 물리치료실 핫팩 치료도 땀을 뻘뻘 흘리면서 참아내는 초인적 인내심까지 보여주었다.

초저녁부터 시간 맞춰 잠이 들고, 새벽녘 배가고파 깨어 울다가도 조금만 기다리라고 하면, 말귀를 알아듣는 어른처럼 울음을 뚝 그치고 기다리는 의젓함까지 고루 갖췄다.

몸만 정상으로 태어났다면 아이를 키우는 것 같지 않게 키웠겠다는 덕담 아닌 덕담을 흘려들으면서도, 아이가 천상에서 가져온 남다른 덕목들에 한편으로 놀라고 의아했다.

출생부터 육아의 모든 과정에서 아이는 내 상식과 예견을 비껴갔고, 아이의 보호자며 엄마인 나는, 아이에게서 인내와 친절과 상냥함을 차근차근 배워가고 있었다.

준비도 안 된 무지한, 상처투성이 엄마의 메마르고 형식적인 사랑을 받으면서도, 아이는 세상을 따뜻하게 바라보며 한발 한발 나를 향해 다가오는 것처럼 느껴졌다.

오랜 치료와 수술은 휠체어에 몸을 맡기게 될 것을 우려했던 나를 비웃듯, 걸을 수 있는 발을 선사했고, 형태나마 열 손가락을 만들어 물건을 잡거나 펜을 쥘 수 있는 최선의 손을 탄생시켰다.

기적이 따로 없었다.

발전의 선봉에 선 과학과 의학은 나를 배신하지 않았고, 인간의 무한 능력에 대한 순전한 내 믿음을 재확인시켜 주었다.

필요도 없는 걱정을 끌어당겨 하느라 몸도 마음도 상할 대로 상한 나는, 수술과 치료의 길고도 지루한 과정을 통해 믿기 힘든 목표에 조금씩 가까이 가고 있었지만, 작은 소망들이 하나씩 이루어질 때도 크게 기뻐하거나 만족할 수 없었다.

내 땀과 눈물의 당연한 결과라는 자만과 함께 언제나 한 발 앞서가는 이상과 욕심이 늘 나를 조급하고 분주하게 하였다.

눈을 돌려 주변이나 내가 지나온 길을 찬찬히 살폈다면, 혼자의 힘이나 인간의 능력으로만 걸을 수 없었던 길이었음을 깨달았을 것이다.

내가 할 수 있고 사람이 해낼 거라는 자만과 교만은, 마음 속 깊은 자리를 도무지 떠날 줄 몰랐다.

갈 길이 멀고 해야 할 일이 많아 만족하지도 감사할 여유도 없었던 나는, 감사할 줄 몰라 만족이 없고, 여유가 없어서 조급해하며 현실을 더 무겁게만 느낀다는 걸 알지 못했다.

정상으로 태어난 아이의 장애 때문에 몸과 마음의 건강을 잃은 엄마 곁에는 장애로 태어나 해맑게 자라나는 아이가 쌔근거리고 있었다.

따로 따로

더 크기 전에 해야 할 서너 번의 큰 수술을 마치자, 아이는 미숙하게나마 걷고 뛸 수 있었고, 엉성하지만 글씨를 쓰고 물건도 잡을 수 있게 되었다.

기계나 사람에게 의존하지 않고 혼자의 힘으로 손과 발을 사용할 수 있게 된 것이다.

눈 깜짝할 사이에 벌어지는 동화 속 기적과 달리, 땀과 눈물의 긴 강을 따라 천천히 일어나는 인생의 기적은, 기적이라 놀랄 수 없을 만큼 느리고 고된 변화의 결과였다.

갈 길 먼 우리에게 기적의 축배는 요원한 일이었다.

정상에 가까워진 장애아가 세상을 만나기엔 두려움을 뛰어넘는 큰 용기와 인내가 필요했고, 나 역시 마찬가지였다.

정도에 상관없이 장애가 있다는 사실만으로, 유치원에서 문

전박대를 당하기도 했고, 집 밖에서는 언제나 동정어린 호기심 아니면 무시하는 눈길이 집요하게 따라다녔다.

나와 같지 않은 것을 절대 인정하지도 않으면서 남다른 것을 취하려하는 비뚤어진 욕망은 세상의 이중적인 잣대와 모순을 그대로 보여주었다. 그것은 철모르는 아이보다, 엄마인 내가 더 많이 견뎌내야 할, 불편하고 기분 나쁜 시선과 편견이었다.

우여곡절 끝에 유치원에 다니게 된 아이로 인해 겨우 숨을 고르게 되니, 큰아이 뒤치다꺼리로 한참 늦어진 둘째 아이 출산이라는 또 다른 문제가 기다리고 있었다.

유전도 아니고 확실한 원인도 알 수 없다는 큰아이의 장애가 둘째아이에게 나타나지 않을 가능성에 대해서는 담당 의사도 장담하지 못했을 뿐 아니라 출산을 만류하기까지 했다.

세상은 우리를 자꾸 좁은 틀 안에 가두면서 자유를 위협하고 옥죄는 것만 같았다.

아이의 장애가 마치 세상이 틀어 쥔 우리의 약점인 것처럼 느껴졌다.

큰아이를 위해서 동생이 있어야 한다는 결론은 남편과의 오랜 고민과 염려 그리고 기원 끝에 나온 도박 같은 것이었다.

먼 훗날 부모를 대신 해 줄 보호자이자 성장 과정에서의 믿음

1999년 7살. 유치원 캠프.

직한 동반자인 건강한 동생이 아이 곁엔 꼭 있어야 했다. 그건 손녀의 장애에 대한 깊은 우려와 둘째 출산을 신신당부하고 돌아가신 시아버지에 대한 뒤늦은 보답이 될 것이었다.

가족과 지인들의 간절한 바람과 기도로, 순조로운 임신과 출산을 거쳐 건강하고 예쁜 딸아이가 태어났다.

"동생 나와 줘"라고 입버릇처럼 조르던 큰아이는 동생을 대면한 첫 날, 좋은 건지 아닌지 알 수 없는 표정을 짓더니, 엄마의 침대 위에 올라와 구토를 했다. 동생에게 엄마를 빼앗긴 상실감과 질투 섞인 묘한 반감을 표현한 몸의 반응이었다.

인간에게 내재된 동물적 본능의 표현이라 짐작은 하면서도 참 유별나다는 느낌을 지울 수 없었다.

몸이 불편한 큰딸을 낳고는 한 번도 느끼지 못했던 환희와 기쁨을 작은딸을 통해 경험할 수 있었다.

건강한 아이를 낳은 대부분의 부모들은 이런 충만한 기쁨과 설렘을 가지고 아이를 키운다는 걸 처음 알았다.

작은아이는 절망의 끝에 선 내게 하늘이 보내준 보석 같은 위로와 선물이었다.

콧노래가 절로 나왔고, 끔찍했던 육아가 하나도 힘들지 않았다.

1999년 9월. 동생과 함께 집에서.

작은아이로 인해 예민하고 날카롭기만 했던 마음이 훨씬 무뎌졌지만 두 딸에게 관심이 분산된 사이, 큰딸이 학교에서 겪었던 놀림과 폭력은 나와 아이에게 크고 작은 상처만 안겨 주었다.

책이 들어가야 할 책가방에 인형을 챙겨 넣고 학교로 가는 아이를 아침마다 야단쳐 보내면서, 아이에게 무관심한 교사와 괴물이라 놀리며 말과 행동으로 폭력을 일삼는 아이들과 어디를 가는지도 모르고 학교에 다니는 큰아이를 싸잡아 탓하며, 시도 때도 없이 화를 내고 분개하였다.

나를 화나고 힘들게 하는 건 아이와 학교와 제도와 시스템 같은 외부, 세상의 탓이었지, 결코 내가 아니었다.

도무지 알아듣기 힘든 말을 하는 수업시간에 멍하니 앉아 있는 아이에게는 정신과 의사가 권하는 각성제를 먹이고, 친구들에게 둘러싸여 놀림감이 되는 아이의 자신감을 키워준다며 태권도를 가르쳤다.

또 근력과 운동력 향상을 위해 수영을 시키면서, 아이에 대한 보호와 처우개선을 요청하러 수시로 학교를 들락거렸다.

아이가 학교에 다니기 위해, 내가 해야 하는 일은 태산 같았다.

정신 차려 공부하라 먹인 각성제에 취해 아이는 비몽사몽이었고, 자신감을 찾아주려는 태권도 교습은 기분만 들뜨게 해 주었으며, 체력을 키우려 했던 수영은 물이 무서워 엄마를 속이고 수영강습을 빠지게 만들었다.

하지 말아야 할 일만 골라서 하느라 보낸 시간과 노력이, 엄마인 내가 해야 할 최선이라는 확신은 나를 움직이게 하는 힘이었고, 무식해서 용감하다는 말은 당시의 나를 설명하기에 부족함이 없었다.

자라면서 수술과 치료를 위해 병원을 다니느라 아이답게 세상을 만나고 경험할 시간이 턱없이 부족하여, 몸을 써야 알 수 있는 감각과 느낌 그리고 거기서 생기는 인지능력과 자신감이 충분히 내면화되지 못한 아이는, 자신과 세상을 알아갈 시간과 경험이 필요했던 것이었다.

자기 몸도 제대로 쓰지 못하는 아이가 단지 여덟 살이라는 호적상의 나이 때문에 학교라는 시스템 안에 내몰리듯 들어갈 이유가 없다는 걸 그때는 몰랐다. 게다가 손과 발의 장애를 인지능력이나 학습능력과 연관 지어 의심해 본 적이 없던 터라, 날이 갈수록 더딘 학습과 부적응의 문제를 아이의 게으름과 느긋한 성격 때문이라고 단정했다.

사람의 몸은 부분의 합이 아니라, 상호관계 속에서 전체적으로 이루어지는 통일체라는 것과 신체와 정신 또한 분리될 수 없으며, 함께 자란다는 사실을 잊고 있었다.

몸에 맞지 않는 옷처럼 학교는 아이에게 여러모로 버거웠지만, 아이뿐 아니라 인간에 대한 기본적 이해도 부족했던 나는, 아이의 행동과 태도를 고쳐보려고 끊임없이 잔소리를 하면서 함께 힘들어했다.

그렇게 해서는 누구도 마음과 행동을 바꾸지 않을 뿐 아니라 피차 나쁜 감정만 쌓인다는 것을 미처 깨닫지 못했다.

바른 길로 안내하려는 나의 방법은 조급하고 비교육적이며 감정적이어서, 그러지 않아도 어려운 처지의 아이를 더 외롭고 힘들게 한 셈이었다.

모르는 것투성이요, 악순환의 연속이었다.

세상의 잣대에 맞추려 하지 말고, 아이의 성장 속도와 발달 단계에 맞는 세심한 배려와 관심 그리고 관습을 뛰어넘는 용기가 있었더라면 아이는 훨씬 더 편안하고 즐거운 유년을 오래도록 누렸을 것이다.

더 좋고 더 나은 것을 향해 가려는 조급한, 나는 나대로, 천천히 세상을 만나고 경험하고 싶은, 아이는 아이대로, 우리는 서로 반대편을 바라보며, '따로 따로' 서 있었다.

복지 선진국으로 이민을?

다행인지 불행인지, 아이가 여기서 대안학교를 다니게 된 건 출산 오래 전부터 해왔던 고민의 결과였다.

결혼을 하고 아이를 가질 무렵부터 나는 줄곧 아이가 태어나 다니게 될 '학교'에 대한 의문을 가졌다.

어릴 적 내가 다녔던 학교는 20여 년이 훨씬 지나도 크게 달라지지 않았지만, 학교의 더딘 변화를 비웃듯 세태와 문화와 정서와 지식은 학교에서 배운 것으로는 도저히 따라잡을 수 없게 되었다.

게다가 그때에 비해 더 어려워지고 경쟁적이 된 학교와 학습은, 상급학교 진학을 위해 단지 지나쳐야 할 관문으로만 제 역할을 할 뿐이었다.

내 삶을 돌아보면 인생의 중요한 선택의 기로에 설 때나 어떤 사안에 대해 주체적으로 판단해야 할 때 학교에서의 학습은 큰 도움이 안 되었고, 시험을 위해 공들여 습득했던 낱낱의 지식들은 지혜로 수렴되지 않았다.

오랜 배움과 학습은 삶과 동떨어졌고, 더 나은 삶의 질을 위해 모이고 쌓인 지식은 풍요로운 생활을 뒷받침해 주지도 못했다.

학교를 졸업하고 펼쳐진 변화무쌍한 삶의 변화를 받아들이고 지탱하게 해 준 것은, 낡은 교과서 지식이 아닌 가족들과의 정서적 유대감, 어린 시절 마음을 따뜻하고 풍성하게 해 주었던 놀이와 환경 그리고 사회생활을 통해 깨우친 생생한 경험에서 나온 지혜였다.

즐겁거나 경이롭지도, 그다지 유익하지도 않은 학교에서의 배움은 너무 형식적이고 지루하여, 미래를 살아갈 내 아이에게 대물림해 주고 싶은 마음이 조금도 없었다.

배움의 과정이 더 즐거울 수는 없는지, 가고 싶은 학교, 가슴 설레는 학습은 불가능한지, 지식 경쟁으로 미래를 이끌려는 현재의 교육 시스템이 맞기는 한 건지, 왜 국가가 관리하는 학교에서만 교육을 받아야 하는지.

교육 전반에 대한 의문은 끝이 없었지만 마땅한 대안을 찾지 못했다. 그렇다고 흐르는 시간에 마냥 내맡길 수는 없는 노릇이었다.

더구나 장애를 가지고 태어난 아이에게는 배움과 성장을 위한 특별한 관심과 배려가 부족한 학교가 맞지 않았고, 일본의 '이지메'와 같은 '왕따'라는 신조어가 나돌게 되면서 학교에 대한 나의 불신감은 커져만 갔다.

배움은 두려움과 함께 갈 수 없었고, 존중과 배려가 없는 곳에서 진정한 성장의 싹은 자랄 수도 없었다.

학교도 사회도 복지에 대한 개념이 희박한 때라 장애인으로서 인간다운 삶을 위해선, 한국을 떠나 복지 시스템이 잘 갖추어진 선진국으로 가야 할 것 같았다.

장애인의 인권보호와 행복한 삶을 위한 복지제도, 일상의 어려움을 보완해 주는 기술력 그리고 사회 전반에 걸친 장애인에 대한 배려와 존중, 이해.

장애우가 사회 주류에서 소외된 소수가 아니라, 평등하게 권리를 누리고 자유롭게 행복을 추구하며 살아야 하는 국민이라는, 인간 존중의 기본에서 시작하는 제도와 시스템.

국가가 장애우의 삶의 질을 보장해 주고 사회가 포용하고 도와가며, 더불어 살아가는 나라.

소위 선진국이라는 나라들은 경제적으로만 부유한 것이 아니라, 사람을 차별하지 않는 국민 의식과 인권 존중의 시스템이 탄탄하게 뿌리내렸다는 공통점을 가지고 있었다.

장애를 가진 내 아이가 행복하게 살기 위해서는 복지 선진국의 교육과 제도의 혜택을 받으며 살아야 했다.

때마침 불어 닥친 조기유학 바람은 유창한 영어 구사와 실력향상 그리고 보다 나은 교육과 삶을 위한 해외 진출에 불을 붙였다.

우리나라의 복지제도, 학교와 교육문제에 대해서는 학부모 모두 불신의 공감대를 형성하고 있던 모양이었다.

유행병처럼 번지는 해외 유학과 이민은 소수 개인의 선택을 넘어 사회현상이 되었다.

선진 복지국가로 온 가족이 이민을 떠나, 아이를 위해 맨 몸으로 고생을 시작해야 할지,

남들처럼 돈 버는 기러기 아빠를 남겨두고 아이와 함께 복지 혜택을 누리러 떠나야 할지, 친척과 가족이 함께 사는 여기서, 함께 어려움을 나누며 살아야 할지.

아이 학교 문제로 시작된 고민은 아이와 나와 가족의 삶으로 확대되었고, 고민과 갈등의 심각한 지점에 이를 때까지 한시도 내려놓을 수가 없었다.

방학이면 아이 손을 잡고 외국에 나가 학교 시스템과 사회를 경험해 보며 그들의 삶을 가까이에서 들여다보았다.

그곳에서는 무엇보다 장애인에 대한 편견은 어디서도 찾기 어려웠고, 노약자, 여성, 장애인 우선의 배려와 사회적 약자에 대

한 바른 이해와 인식은 예의이며 상식이었다.

누구도 장애인의 출현을 불편해 하지 않았고, 그들을 배려하기 위한 세심한 관심과 주의를 어디서나 느낄 수 있었다.

거기서라면 장애인이라고 주눅 들거나 차별을 받으며 억울하게 살 것 같지는 않았다.

당장이라도 이민 수속을 밟고 싶었지만, 한 번 더 생각하고 고려해야 할 일들이 섣부른 선택을 가로 막았다. 우리 가족의 행복한 삶의 조건이, 아이의 교육과 복지에만 국한되는 것이 아니었기 때문이었다.

직업이나 재정능력 또는 분리된 가족의 형태가 가져올지도 모를 여러 가지 어려움과 문제가 발목을 잡았다.

오랜 고민과 갈등은 온 가족이 함께 하느냐 아니냐로 압축되었다.

아이의 질 좋은 교육과 삶 그리고 행복을 위해서 가족이 분리되거나 가정이 해체될 수는 없었다.

누구의 행복한 삶이 다른 이의 온전한 희생 위에서 이루어져서는 안 된다고 생각했다.

집안을 책임진 가장으로서 남편은 안정된 직장을 두고 가야하는 이민을 부담스러워했고, 가족의 해체와 가정교육의 부재를 우려하는 나는 아이와 함께 떠나는 조기유학을 망설였다.

우리는 한 가족이지만 서로 다른 욕구와 소망을 가진 개개인이기도 했다. 책임감이나 의무로 하는 선택 또한 가족 모두에게 진정한 행복이 될 수는 없었다. 나도 남편도 아이도 다 함께 행복할 수 있는 길을 찾아야만 했다.

학교교육이 가정교육을 대신할 수 없고, 안정된 사회와 복지가 가정과 가족이 주는 정서적 안정과 유대감을 대신해 줄 수는 없었다.

하나 된 가정과 가족, 그 안에서 이루어지는 소통과 유대감, 밥상머리 교육이 복지 제도나 시스템보다 더 중요하다고 생각했다.

함께 떠날 수 없으면 함께 남기로 했다.

기쁨도 슬픔도 함께 나누지 못하는 '무늬만 가족'보다는 삶의 과정마다 이야기가 흐르고 고난의 마디마다 애환이 녹아 있는, 소통과 공감의 따뜻한 가족이고 싶었다.

가난해도 내 집 안방이 편하다고, 부족하고 힘들어도 가족의 따뜻한 위로가 힘이 되어 준다면 못할 일이 없을 것 같았다.

어디가 되었든 함께 살기로 하고, 당장 함께 떠나기 어려운 지금은 여기, 복지 후진국에 남기로 했다.

아이가 자라서 자기의 삶을 스스로 선택할 때까지, 가족이 함께 어려움을 이겨내자고 결심하였다.

든든한 지원군에 둘러싸여 뿌리내려야 할 복지의 불모지, 우리나라에서 우리를 기다리는 건, 장애인이 살아가기 어려운 교육과 제도와 몰이해와 편견이었지만, 그럼에도 불구하고 '가족이 함께 사는 삶'은 무엇과도 바꿀 수 없는 가치라 생각했다.

깍두기와 옷걸이

어릴 적 싸움과 놀이의 상대는 주로 작은언니였지만, 집 밖에서 친구들과 어울려 놀 때, 나를 챙겨 데리고 다녔던 건 큰언니였다.

두 살 터울의 작은언니는 친구들 틈에 나를 두고 놀기가 버거웠을 것이고, 엄마도 고만고만한 아이들 틈에 어린 나를 맡길 수 없으셨을 테니, 따라 나간다고 조르는 나를 믿고 맡길 수 있었던 건 그래도 믿음직한 맏딸이었을 것이다.

자세한 내막은 어린 내가 알 수 없었지만, 하여간 나는 이따금 네 살 많은 큰 언니와 그 친구들 사이에서 놀았다.

나이도, 놀이 수준도 맞지 않는 내가, 언니들 틈에서 주눅들지 않고 함께 놀 수 있었던 건, 언니들의 아량과 배려 그리고 통합놀이 시스템인 '깍두기' 덕이었다.

깍두기는 형제가 많아 나 같은 어린 동생을 챙겨야 하는 경우가 비일비재했던 그 시절, 껌딱지처럼 귀찮게 붙어 다니는 동생들과 같이 놀 수 있는 배려와 아량의 결정판이었다.

나이가 어려 상황 파악을 못하는 동생이나 몸이 안 따라주어 놀이에 낄 수 없는 친구들에게, 놀이에서의 실수나 잘못을 눈감아주거나 봐주는 것인데, 맨날 '깍두기'인 내가 누렸던 그 무한 자유는 언니들 틈에서도 마음껏 놀 수 있게 해주는 요술방망이 같은 것이었다.

어린 '깍두기'를 챙기고 배려해 준 언니들 덕에, 기죽지 않고 놀 수 있었던 나는, 그 나이에 해 볼 수 없었던 수준 높고 다양한 놀이를 경험할 수 있던 까닭에 '깍두기'로 언니들과 노는 것이, 친구들과 놀 때보다 더 재미있고 즐거웠다.

학교와 집, 동네와 골목은 항상 놀 거리로 가득했고, 나이와 상관없이 함께 어울려, 놀면서 배우고 배우면서 놀았다.

앉고 서는 모든 곳이 놀이터고 학교였으며, 하늘과 땅과 자연과 사람들 모두, 친구이자 스승이었다.

어쩌면 내가 아이에게 주고 싶었던 것은, 아파트 숲 매끈한 놀이터나 학원 친구들과의 시간에 쫓긴 놀이와 시험점수를 위한 학습이 아니라, 하늘과 땅, 사람과 자연의 숨결을 느끼며, 함께 놀고 배우면서 자라나는 내 어린 시절의 그것이었는지 모른다.

힘든 제도권 학교를 나와 대안학교에 다니게 되면서, 아이는 눈에 띄게 편안해졌다.

속도와 경쟁에서 벗어나, 활동과 경험을 통해 개념과 원리를 차근차근 익히는 학습과 충분한 놀이 그리고 안정과 휴식이 있는 학교는 아이의 맞춤학교, 이상적인 배움터였다.

과거와 같이 친구나 형, 동생 간의 자연스런 어울림과 배움 그리고 아이들이 놀 충분한 시간과 공간을 주기 위해, 같은 생각을 가지고 모인 부모들이 자력으로 일궈 낸 대안학교에서, 아이들의 건강한 웃음소리는 높아졌고 부모들의 보람과 기대도 커져 갔다.

처음 만난 제도권 학교에서 아이가 얻은 상처는, 놀림과 따돌림이 없는 대안 학교의 생활을 통해 조금씩 아물어갔고, 경쟁하지 않는 배움은 즐거움으로 자라났다.

학교를 만드느라 몸은 고달팠지만, 아이가 되찾은 편안한 웃음으로 내 마음도 더불어 환해졌다.

활동이 둔하고 이해나 상황판단이 느린 아이를 '깍두기'로 하여, 함께 노는 친구들 사이에서 아이는 전보다 행복했지만, 처음부터 그랬던 것은 아니었다.

친구와 동생들이 붙여 준 '깍두기'가 영 불편하고 자존심 상해 그런 역할이 썩 내키지 않았지만, 얼마 지나지 않아 자기가 친구들처럼 몸을 마음대로 쓰지 못한다는 것과 그 때문에 함께 노는 친구들이 재미없어 한다는 걸 알고는 '깍두기'가 되는 것도 그리 나쁘지 않다고 생각했다.

친구들과 함께 어울려 놀 수 있다는 것이 좋을 뿐이었다.

일일이 간섭하지 않아도, 아이들은 어른처럼 스스로 문제를 해결하고 갈등을 극복하려는 나름의 지혜가 있다 .

5학년 무렵, 아이들이 신나게 뛰노는 운동장 한 구석에서, 친구들의 겉옷을 잔뜩 받아 안고 재미있다는 듯 놀이를 구경하는 딸아이의 모습에 마음이 몹시 상한 적이 있었다.

당장에 가서 아이의 손을 끌어 오고 싶었지만 차마 그러지는 못했다.

대신 친구들 놀 때 옷이나 맡아주면서 구경하지 말고 다른 데서 네가 하고 싶은 놀이를 하라고 야단도 치고 잔소리를 해댔는데, 그 후에도 아이는 운동장에서 신나게 뛰노는 친구들 주변에서, 날아오는 공도 주워주고 가방과 옷도 맡아 주는 역할을 마다하지 않았다.

되레 그런 걸 재미있는 놀이처럼 즐기는 것 같기도 했다.

안타깝고 속상하다 못해 화가 치밀어 아이를 가두어 놓고 싶은 심정이었다. 그러지 말라고 아무리 타일러도, 아이의 태도는 도무지 달라지지 않았다.

딸아이는 친구들이 웃고 떠들며 노는 걸 곁에서 지켜보는 게 재미있어, 친구들이 맡기는 옷이나 물건을 챙겨 주었고, 그럴 때 친구들과 같이 놀고 있다는 느낌을 가졌다고 지금에서야 얘기하곤 한다.

그런 역할로라도 친구들과 함께하고 싶었고, 그것 나름대로 보람도 있었던 모양이다.

아이는 제 역할을 찾아 적극적으로 친구들과 놀이에 함께하였던 셈인데, 그 마음을 헤아리지 못했던 엄마는 눈에 보이는 것만으로 섣부르게 판단하고, 좁은 소견으로 혼자 애를 태우고 있었던 것이다.

그것이 아이에게는 자기만의 즐거움이면서 함께 노는 놀이였다는 걸 알게 된 것은, 여섯 살 터울의 둘째딸이 그 나이에 이를 즈음이었다.

건강하게 나고 자라 크게 마음 쓸 일 없었던 작은딸은, 유치원과 학교에서 친구들과 한 번도 싸운 적이 없었고 싸움에 휘말린 적도 없었다. 대개 양보를 하거나 설득을 하여 친구들과 사이좋게 지냈고, 싸움 자체를 달가워하지 않아, 그런 자리를 피했던 모양이었다.

학년이 올라가도, 심한 말이나 과격한 행동으로 자기주장을 굽히지 않으며 싸우는 친구들의 모습을 지켜보기만 할 뿐, 누구의 편을 들거나 말리지도 않아, 너무 냉소적이거나 공감능력이 떨어지는 것이 아닌지 의심스럽기도 하고 염려도 되었다.

그때 작은아이는 상대를 욕하고 비난하며 몸싸움까지 벌어지는 상황을 보는 것만으로도, 싸우는 당사자들처럼 힘이 들어 좌절하고 절망스러웠다고 했다.

친구들 간에 오고가는 험한 말들을 곱씹으며 많은 생각을 하였고, 다들 자기 입장에서 하는 말을 틀렸다고 할 수도 없어 섣불리 누구의 편을 들기도 어려웠던 모양이었다.

친구들이 주변에서 싸우는 것만 봐도 좌절하고 상처받는 작은아이는, 친구들의 노는 모습을 보는 걸로도 놀이에 함께 하는 재미를 느끼는 큰아이와 다르지 않았다.

아이들의 마음은 세상에 활짝 열려 있어, 때로는 분위기와 아우라만으로도 똑같이 공감하고 교감할 수 있음을 알게 되었다.

자기의 역할을 스스로 찾아 함께하려는 마음도, 난폭한 분위기에서 좌절하여 말문이 막히는 순간도, 어른과 아이가 다르지 않다.

세상을 살아가는 자기만의 방식과 성격을 두고 편협한 어른의 잣대를 들이대는 것은, 아이를 제대로 이해하지 못하고 오히려 공감 능력이 떨어지는 어른의 잘못은 아닐까.

아이들은 어리고 모자라고 배워야 할 것이 많은 부족한 존재가 아니라는 것을, 좁고 편협하고 경직된 어른들에게, 말과 행동과 놀이로 웅변해 주고 있었다.

　배려의 깍두기, 동참의 옷걸이.
　더불어 산다는 건 서로를 위한 적극적인 사랑의 다른 말인지
모른다.
　아이들은 알고, 어른들은 모르는.

꼼짝 마라

왕따와 폭력이 있는 제도권 학교를 나와 찾은 대안학교에서 나도 아이처럼 마음의 안정을 찾았지만, 대안학교라고 천사들로 구성된 건 아니어서, 아이들의 말과 행동은 때때로 거세고 야단스러웠다.

거친 본능과 이기적 천성이, 자라면서 더 예쁘게 다듬어져야 할 보통의 어린 아이들일 뿐이었다.

약간의 환상과 기대를 가지고 모여 만든 대안학교에서도, 아이들은 서로 다투고 싸웠으며 놀리거나 깔보았다.

일상의 크고 작은 사건과 사고는 다른 학교에서처럼 끊이지 않았고, 때로는 그것이 부모들 간의 갈등으로 비화되기도 하였다.

꿈과 이상이 같아도, 사람들의 생각과 행동은 생김새만큼 다양했고 문제를 해결하는 방식도 십인십색이었다.

어른들이 살아온 연륜과 경험, 배움과 지식, 이념과 가치관은 같은 듯 달랐고, 자기 식의 해법은 언제나 옳고 타당했다.

스스로 아웃사이더가 된, 주인의식이 뚜렷한 대안학교 부모들은, 대의 앞에선 지혜롭게 하나가 되었지만, 자신과 가족의 이해와 명예가 걸린 일에는 누구의 의견도 들을 귀가 없었다.

모양새는 달랐지만 어른이라고 아이들보다 낫지 않았고, 어떤 경우는 경험이 부족한 아이들이 더 지혜로웠다.

방과 후, 늦은 저녁까지 회의를 하던 교사들이 아이들을 돌볼 수 없던 시각, 당번 돌봄 부모님들도 돌아가고 늦도록 남아 엄마를 기다리며 놀던, 두 명의 어린 동생들이 재미삼아 감게 된 줄다리기용 굵은 밧줄에 꽁꽁 묶인 큰아이가, 살려달라고 외치다 늦게야 발견된 일이 있었다.

발목부터 감겨 올라가 가슴과 목까지 빙빙 돌려 묶이어, 숨이 막히는 상황에서 무서움과 두려움에 떨었던 아이는, 동생들의 호기심 섞인 장난으로 하마터면 큰 사고를 당할 뻔했는데, 놀라고 당황스럽기는 나 역시 마찬가지였다.

어린 동생들의 짓궂은 장난에도 제대로 저항 한 번 못 해보고 질식할 지경에 이른 딸아이의 무능함에 무엇보다 화가 치밀었고, 나이가 한두 살 많아도 한눈에 알아볼 수 있는 약자를 괴롭히며 노는 어린 동생들의 마음과 태도에 마음이 몹시 상했다.

어디서나 비슷하게 딸아이를 위협하는 아이들과 폭력적인 세상에 대한 내 분노를 주체하기 어려워, 무섭고 두려운 경험을 한 아이를 따뜻하게 감싸고 다독여 주지도 못했다.

아이를 보호하는 일로 신경이 곤두섰던 내가, 중요한 순간마다 헤아리지 못했던 건, 아이의 상처 입은 마음이었다.

원인을 외부에서만 찾으면서 화와 분노를 삭이지 못했던 엄마인 내가 정작 했어야 한 것은, 위로받지 못한 아이의 마음을 헤아려 어루만져 주는 것이었다.

엄마, 특히 장애우의 엄마는 세상이 주는 무수한 상처에 초연하고, 동시에 아이의 상처 난 마음까지 위로할 줄 아는, 비단 보자기 같은 사람이어야 한다.

그 일로 학교는 '왕따와 폭력'을 주제로 크게 술렁이게 되었고, 다시는 그런 일이 생기지 않도록, 어떻게 아이들을 지도할 것인지에 대해 고민하게 되었다.

상황판단을 제대로 못하는 어린 아이들의 호기심과 욕구를 자극하거나 자칫 위험할 수 있는 놀이를 원천봉쇄할 수는 없어, 부모와 교사들의 주의 깊은 관찰과 보호가 항상 동반되어야 한다는 것을 모두가 깨닫게 되었다.

특별히 어려움을 겪는 장애우와 관계가 원만하지 않은 친구들에 대한 아이들 수준의 이해를 돕고 역지사지(易地思之)해 보도록 상황극을 만들어 공연하여, 폭력과 왕따로 인한 두려움과 억울함에 공감하는 계기를 삼았다.

함께 잘 살기 위해, 아이나 어른이나 서로 배우고 알아야 할 것들은 차고 넘쳤다.

믿고 방심하는 사이 벌어지는 사고나, 미연에 방지하지 않아 생기는 사건을 예방하기 위해, 교사와 부모들은 아이들을 늘 주의 깊게 살피고 마음을 헤아리는 따뜻한 소통을 해야만 한다.

서로에 대한 이해와 소통을 위해 학교에서 마음을 썼던 것 중 하나는, 생일을 축하하는 의미 있는 이벤트였다.

생일을 맞는 아이의 부모에게는, 교실에 들어와 아이와 친구들에게 태몽과 바람, 그리고 자랄 때 어떠했다는 이야기 등을 들려주는 시간이 주어진다.

생일을 낀 일주일간은, 어린 시절 사진들을 골라 붙여 놓고 함께 보면서 친구들과 많은 이야기를 나눌 수 있다.

몰랐던 친구의 어린 시절과, 어떻게 생활하며 자라길 바란다는 부모님의 이야기는 반 친구들의 마음에 깊이 새겨지곤 했는데, 특히 장애우에게는 그 시간이 큰 도움이 되었다.

부모님이 전해주는 아이의 어려움과 친구들이 어떻게 도와주면 좋은지를 들어 알고 나면, 천진한 어린 친구들은 장애우에 대해, 전과 다른 관심을 가지고 배려하려는 예쁜 모습을 보여준다.

책임이나 의무에서 시작된 주의나 지시보다, 순수한 호기심과 관심이 이끄는 마음의 움직임이, 잠자는 동심을 깨워 우리를 꾸밈없이 솔직하게 만드는 것 같다.

늘 엄마와 함께 등하교를 했던 아이가, 동생 유치원 행사 때문에 바쁜 엄마와 시간이 맞지 않아 혼자 집으로 돌아와야 했던 버스 안에서 겪었던 일은 또 한 번의 충격이었다. 고등학생 한 무리가 아이를 빙 둘러싸고 놀리며 창피와 모욕을 준 일이었다.

물론 그 전에도 놀이터나 집 앞, 엘리베이터 안에서 또래 아이들에게 심심찮게 겪었던 일이었지만, 몸집이나 수준이 비슷한 또래가 아닌, 똑같은 교복을 입은 덩치 큰 한 무리의 남녀 학생들이, 어린 장애우를 향해 일제히 비웃으며 장난감 다루듯 만지면서 조롱했던 일이어서, 아이에게는 무섭고도 감당하기 힘든 충격이었다.

그날 밤 아이는 당시의 놀라고 무서웠던 상황과 억울하고 답답했던 감정을 눈물로 쏟아내며, 오래오래 울었다.

곁에 엄마가 있거나 동반한 어른이 있었으면 그런 일을 겪지는 않았을 테지만, 학교나 가정에서 약자에 대한 배려나 장애인의 인권에 대해 진지한 가르침이 있었다면, 아무리 사춘기, 군중심리라도 장애를 가진 약한 어린 아이에게 그런 폭력을 가하는 것을 재미삼지는 않았을 거라 생각했다.

가족이 함께 살아보겠다고 선택한 내 나라, 이 사회는 거칠고 난폭한 현 수준의 민낯을 거침없이 아이에게 보여주고 말았다.

다름과 타인의 고통을 참을 수 없는 존재의, 근거 없는 폭력성이라고 밖에 달리 해석할 길이 없었다.

아이에게 있어 세상살이는 거친 풍랑 속에서 표류해야 하는 조각배와 같은 것이었다. 한시도 아이에게 눈을 떼거나 마음을 놓을 수가 없었다.

늘 예민하여 따뜻한 안식처가 되어주지 못하는 엄마와, 사람들의 무시와 은근한 폭력 그리고 호기심과 비웃음 섞인 뭇 시선들.

몸에 장애를 지닌 어린 아이가 견디고 감당하기엔 너무 벅찬 세상과 삶이었다.

그런 몸으로는, 도무지 꼼짝 할 수가 없었다.

상처로 덧난 장애우의 엄마 역시, 달싹할 수도 없었다.

꼼짝달싹하지 말고 숨만 쉬며 살라고, 복지 후진국 우리 사회가 어린 여성 장애우에게 눈을 부라리며 충고한다.

장애우와 그 가족이 여기서 함께 사는 건, 북풍한설 찬바람 앞에 민소매 차림으로 서 있는 것처럼, 무의미한 고난을 자초하는 일인지도 모른다.

제3막

전환

깻잎 한 장 차이

대안학교의 대안을 찾아

　지금이야 대안학교들이 많이 생겨 사람들의 인식에도 변화가 생기고 제도권 학교조차 대안학교를 인정하는 분위기이지만, 아이가 대안학교를 다니던 초기에는 단어조차 생소한 것이었다.

　해외로의 탈출을 포기하고 이런저런 생각과 궁리 끝에 알게 된, 선진국의 대안학교는 아직 국내 어디에도 생겨나지 않았고, 그저 대안적 교육에 관심 있는 사람들 사이에서만 회자되었다.
　대안학교가 없으면 홈스쿨링을 할 작정이었으나 엄두가 나지 않아 머릿속만 복잡해졌다.
　결과적으로 아무런 결정도 하지 못한 채 시간만 보내다 아이의 취학 통지서를 받게 되자, 일단 학교를 보내면서 대안적 교육을 준비해 보기로 했다.

아이를 학교에 보내는 것이 학부모라는 새로운 조직과 문화에 편입되는 것이라는 걸 몰랐던 내가, 학교 엄마들의 모임과 그 속에서 오고가는 학교와 학습에 대한 정보에 무지했던 건 당연지사였지만, 오로지 학교를 벗어날 궁리만 하느라 별반 관심도 없었다.

아이의 매끄러운 학교생활을 위해서는 친사회적인 엄마의 적극적인 뒷받침과 아이의 뒤지지 않는 실력이 필요했는데, 경쟁의 두려움에서 출발한 조직과 무리를 달가워하지 않는 반사회적인 나는, 그런 일에 무관심한 불량 학부모일 따름이었다.

게다가 아이는 뛰어난 실력도 갖추지 못한 작고 여린 장애우였으니, 다른 학부모가 아이와 나를 그리 환대하지 않는 것은 당연했다.

학교의 시스템과 문화가 아이에게 적합하지 않은 것처럼, 나에게도 그랬다.

아무리 생각해도 학교와 학교의 문화는 나에게 맞지 않았다.

담임선생님의 행정 업무를 위해 일주일에 몇 시간씩 수업 중 만화영화를 본다든지, 이유도 없이 돌아가며 몸에도 안 좋은 과자나 아이스크림을 사 돌려야 하는 것도 마땅치 않았다.

아파트 단지, 사는 평수, 아이의 성적과 외모 등으로 끼리끼리 모여 정보를 나누고, 함께 학원을 등록하며, 화려한 생일파티 등으로 만들어지는 관계가 내게 즐거울 리 없었다.

대세를 따르기엔 생각의 거름망에 걸리는 게 너무 많았고, 주체적으로 살자니 학교에 다니는 아이가 마음에 걸렸다.

2년간의 힘겨운 초등학교 생활을 마치고 때마침 대안학교에 대한 관심과 열의와 용기가 모여 만든 소규모의 홈스쿨링 형태의 대안적 배움터에서, 아이는 1년간 배움을 몸으로 익혔고 4학년이 시작될 무렵 개교하는 비인가 초등 대안학교로 옮겨갔다.

엄마인 나의 앞뒤 가리지 않는 용기와 아빠의 전폭적 지지에 의한 결정이었고, 그때부터 우리는 아이와 더불어, 대안학교에서 본격적인 비주류, 아웃사이더의 대안적 삶을 시작하였다.

아이의 장애 때문에 남다른 교육을 시키려 한다는 오해를 받기도 했지만, 주눅 들지 않고 즐겁게 배울 수 있는 곳이 아이에게는 최고의 학교라 생각하여 개의치 않았다.

아이의 교육과 삶의 질을 위해서라면, 탄탄대로를 두고 길을 내어 가야 하는 어려움이나 주변의 편견과 오해쯤은 문제도 아니었다.

나를 위해서도 느리고 여유 있는 시간과 자연의 품이 필요했다.

속앓이를 해가며 낡은 제도 속에서 허송세월할 수는 없다고 생각했다.

비교하거나 경쟁하지 않는 교육과 가치관은, 아이와 우리 가족의 일상에도 변화를 가져왔다.

시험을 위한 문제지나 무리한 학습지 학습 대신 아이와 더 많이 동화책을 보았고, 흙과 나무와 물과 바람을 친구 삼아 노는 아이를, 불량식품과 플라스틱 장난감이 유혹하지는 못했다.

건강한 유기농 곡물과 채소가 밥상을 채웠으며 어른, 아이 모두가 열광하는 명품 브랜드는 알 필요도 없었다.

흙바람 부는 운동장과 산과 계곡에서 뛰놀기엔, 맨발이나 검정 고무신이 제격이었다.

자연의 품에서 노는 아이들은, 시간을 거슬러 어린 시절의 나를 만나게도 해 주었다.

숨바꼭질, 술래잡기, 사방치기 하는 무리 속의 어린 나는, 어느새 깍두기가 되었다가 술래의 눈을 피해 장독 뒤에 숨을 죽이고 숨어 있기도 했다.

양철 지붕 위로 떨어지는 빗소리와 바람에 흔들리는 나뭇잎의 노래가 시원한, 운동장 곁 조그만 텃밭의 서툰 밭농사로도, 땅을 일구는 그 정직한 노동이 사람을 얼마나 솔직하게 하는지 배울 수 있었다.

주류가 아닌 비주류, 아웃사이더의 길을 자청하고 나선 교사와 학부모들의 노력이 처음처럼 내내 즐거웠던 것은 아니었다.

사람과 관계 속에서 생겨나는 사소하고 미묘한 갈등은 돌이

2002년. 대안학교 수업 중.

키기 어려운 지경에 이르게도 하여, 이따금 실망을 안고 떠나는 사람들까지 생겼다.

좋을 때는 몰랐던 부정적인 감정들이 문제 상황을 부추기기도 하였고, 잠재된 이기심과 포장된 욕망의 그림자에 서로 놀라기도 했다.

아이들은 학교에서 즐겁게 공부하고 신나게 놀았으며, 넉넉한 자연의 품에서 배우고 자랐다.

아이들에게서 비롯되는 문제보다는 문제의 해법이 서로 다른 어른들이, 서로를 용납하지 못해 생기는 갈등으로 더 큰 문제를 야기하기도 했다. 대개는 아이가 아니라 어른들이 문제였다.

최선의 대안을 찾아 나섰지만 사람 냄새 풀풀 나는 여러 가지 일들로 어려움을 겪으면서, 내 선택과 진로에 대해 다시 생각해 보게 되었다.

부족함은 서로 도와가며 메울 수 있지만 차이와 다름을 용납할 수 없는 공동체와 관계에서는, 공생은커녕 공존도 불가능하다는 걸 알았다.

대안적 교육과 삶을 찾아 나선 학교에서 자연과 공존하는 일상을 살게 된 것과, 사람 사는 곳은 어디라고 다르지 않다는 걸 경험하고 확인하게 된 것은 대안학교를 통해 얻은 교훈이었다.

이상과 기대, 꿈과 환상을 채워 줄 수 있는 건 사람도, 사람들이 일구고 만든 조직이나 그 능력도 아니었다.

대안학교를 통해 내가 되찾은, 자연과 공존하며 사람을 통해 배우고 이상을 실현해 보려는 가치와 삶은, 열차의 다른 칸일 뿐 열차 밖의 신세계가 될 수 없었다.

열차를 탈출하는 구체적인 방법을 모르는 채 일상은 이어졌지만, 어쨌거나 하루빨리 설국열차라는 악순환의 굴레를 벗어야 한다는 생각은 굳어져만 갔다.

눈높이 선생님

아이가 장애를 가지고 태어날 때부터, 나는 아이처럼 아주 특별한 삶을 살게 될 것을 예감했고, 틀림없이 불행해질 거라 확신했다. 장기간에 걸친 치료와 수술로 이어지는 육아가 그걸 증명해 주고도 남았다.

보통의 삶과 세상에서 멀어져, 누구와도 함께 하기 어려운 일상과 여건으로 인해, 나는 외딴 섬에 갇힌 듯 외롭고 우울하여, 자주 자주 내 생각의 우물에 깊이 빠져 헤어나오질 못했다.

대안 학교를 통해 꿈과 이상이 비슷한 사람들을 만났지만 처한 상황과 입장이 달라, 외로움과 내재된 분노가 말끔히 사라진 것은 아니었다. 나는 아이의 미래가 불안해서 두려웠으며, '지금 여기'에 존재하는 나와 아이보다는, 한 발 앞선 곳과 먼 미래에 대한 염려 때문에 남들처럼 마음이 편치만은 않았다.

몸의 장애는 어느 정도 고쳤지만 아이가 커가면서 보여주는 말과 행동은 아무리 눈높이를 낮춰도 이해하기 어려워, 조급함과 두려움에서 비롯된 아이에 대한 불신과 불만은 날로 쌓여만 갔다.

신체장애 말고는, 지적인 성장과 발달에 생길지 모르는 문제를 그다지 고민하지 않았던 터라, 예상을 깨는 많은 일들로 적잖이 당황하게 되었다.

그건 꼭 장애 때문이 아니라 남들보다 조금 더 천천히 이해하고 학습하는 아이만의 개성과 행동이기도 했지만, 장애로 인해 연동되는 것이라고만 해석했다.

매 수술마다 전신마취를 하였으니 그것이 아이의 온몸에 미치는 영향이 적진 않았을 것이고, '밖으로 나온 뇌'라는 손을 섬세하게 쓸 수 없어, 소근육 발달과 그로 인한 뇌의 자극이 훨씬 더뎠을 것이다.

병원을 들락거리느라 보낸 오랜 시간 동안 아이가 체험하지 못한 자연과 세상 그리고 수준에 맞는 놀이와 학습의 경험 부족은, 말과 행동에서 고스란히 나타났다.

아이는 모든 면에서 다른 아이들과 참 많이 달랐다. 뭐든 느리고 서툴렀으며, 잠을 깨고 나서도 꿈을 꾸는 것처럼 보였다. 뭘 가르쳐도 쉽게 배우지 못했고, 생활 습관도 좀처럼 익히지 못했다. 손을 씻거나 양치질을 하는 습관조차 몸에 배지 않아 애를 태웠다. 안쓰럽고 답답하고 화가 나다가 나중엔 아이가 무서워졌다. 이렇게 자라다가 뭐가 될까 싶었고, 사람 노릇도 못하게 될까봐 두려웠다. 호환 마마보다 내 아이가 더 무서웠다.

불편한 몸만 아니라 서툴고 더딘 말과 행동, 배우고 익히지 못하는 태도 때문에 더 그랬다.

느리고 더디지만 착하고 연약한 아이를 내가 두려워하고 심지어 거부하고 있다는 사실이 나를 더 힘들게 하였다. 아이를 믿지 못한 것처럼, 나도 나를 믿을 수 없었다.

그간 꾸준히 해왔던 대안교육에 대한 관심과 공부가, 아이가 다니던 학교의 교사직으로 이어져 더 바빠진 나는, 큰아이는 물론이고 나이가 어린 작은아이와도 충분한 교감과 소통의 시간을 가지지 못했다.

업무와 회의 때문에 학교와 유치원에 늦게까지 남아 있던 아이들을 데리고 집에 돌아오면, 밀린 집안일과 수업 준비로 잠잘 시간도 모자랐다. 10년 넘게 큰아이를 키우며 보낸 '잃어버린 내 시간'을 되찾기엔 사실 그것도 부족하다고 생각했다.

욕심껏 두 마리 토끼를 잡으려고 애쓰느라 몸과 마음이 조금씩 망가져갔고, 아이들도 엄마와 함께 나눌 정서적 안정과 휴식이 부족해 알게 모르게 힘들어 하고 있었다. 내려놓은 줄 알았던 욕심과 욕망이, 바늘 구멍만한 틈을 비집고 들어와 내가 가야 할 바른 길과 방향을 틀어놓는 줄도 모르고, 부질없이 요란했던 시간이었다.

방학마다 받는 교사연수 때면 큰아이가 머릿속을 내내 채웠는데, 몸을 돌보느라 놓친 내적 성장과 엄마와의 정서적 유대감 그리고 학습과 미래에 관한 물음으로 언제나 머리가 무거웠다.

어려서는 몸의 문제로, 더 커서는 마음의 문제로 아이에게 끝도 없이 부채의식을 안고 사는 것 같았다.

아이는 내게 화두이자 물음표였고, 내려놓을 수 없는 무겁고 두려운 굴레였다.

활동에도 적극적이며 내재된 열정이 많다는 담임교사의 칭찬은, 아이가 자기만의 내적 성장을 이뤄가는 것으로 받아들였지만, 내재되고 잠재된 능력을 믿고 기다리기엔 현실이 너무 답답했고, 내게는 그럴 여유가 없었다.

아무리 타일러도 달라지지 않는 행동.

매일 속을 끓여도 더디기만 한 학습.

하기 싫은 건 절대 하지 않는 일관된 고집과 익혀지지 않는 습관.

해도 해도 안 되는 일을 억지로라도 시도했던 내 모든 노력에 회의가 찾아오기 시작했다. 나와 아이는 양극단에 서 있는 너무 다른 존재라는 생각을 하게 되었다. 아이를 안고 병원을 오가던 오래 전에 비해, 겉으로는 모든 상황이 제자리에서 반듯하게 가고 있는 것처럼 보였지만, 내 몸과 마음은 예전보다 더 복잡하고 피폐해져만 갔고 아이는 제자리걸음이었다.

다시 시작하는 마음으로, 아이와 눈높이를 맞추어야 될 것 같았다.

부지런히, 열심히, 단시간에, 최선의 노력을 다해 목표를 이루고 성취하는 걸 좋아하는 내가, 아이를 위해 그렇게 할 수 있을지도 의문이었지만 다른 방법이 없었다.

물리적 나이를 다 잊고 걸음마를 갓 뗀 아이에게 하듯 천천히, 한 번도 알려준 적 없는 것처럼 차근차근, 학교가 아니라 유치원에 다닌다는 생각으로 상냥하고 친절하게, 앞으로 백 년 동안 해야 하는 일이라 여기고 조급해하지 않으며…….

이렇게 해야 아이도 살고 나도 살 것 같았다.

나이, 발달, 발전, 성장 이런 말과 개념에서 아이를 분리시키자, 마음이 한결 편해졌다.

그냥 존재와 상태로만 아이를 바라보고, 거기에 맞는 대응을 하기로 했다.

'천천히', '차근차근', '상냥하고 친절하게', '평생 할 것처럼 여유를 가지고'.

이건 마음의 여유가 없었던 내게 필요했던 가치와 태도였고, 꼭 아이를 상대하거나 의식해서가 아니라 그렇게 사는 삶이 나를 더 풍요롭게 해줄 것 같았다.

아이의 눈높이를 맞추려고 시작한 일에서 나의 단점을 발견하게 되었고, 아이를 위한 일은 곧 나를 위한 것이라는 걸 알게 되었다.

내가 모르는 내 안의 내가 되어, 지금 내 앞에 있는 아이를 변화시키는 건, 아이를 위한 노력과 희생이 아니라 내 성장과 발전을 위한 발걸음에 다름 아니었다.

그러고 보면, 나는 아이의 눈높이 선생님, 아이는 나의 족집게 교사인 셈이었다.

네 안에 숨은 너

어려서부터 시끄럽거나 떠들썩한 것을 좋아하지 않던 나는, 정신없이 북적이던 학교 운동회처럼 들뜬 명절도 그다지 반기지 않는다.

지금도 복잡한 마트나 혼잡한 거리는 피하는 편이다.

아이를 가졌을 때도 주로 조용한 음악을 들으며 책을 보거나 산책으로 태교를 했는데, 어찌된 일인지 큰아이는 모든 면에서 나와 달랐고 음악적 취향도 예외가 아니었다. 들어본 적도 없는 강한 비트 음악에 맞춰 몸을 흔들었고, 뜻도 모르는 사랑 타령을 흥얼댔다.

나와는 달라도 너무 다른 아이를, 존재 자체로 바라보고 받아들이기가 쉽지는 않았다.

8학년을 마치고 중고교 통합 대안학교로 옮기게 되자, 아이는 물 만난 고기마냥 좋아라했다. 숲 속에서 뛰놀던 아이가 도시의 문명을 처음 접하는 것 같은, 신기한 호기심이라고나 할까.

대중교통을 이용해 혼자서 가야 하는 장거리 통학도, 다소 소란한 학교 분위기도, 새로 만나게 된 또래들과의 교제도, 아이에게는 온통 즐거움이요 멋진 신세계였다.

조금씩 멋을 내기 시작했고 어른 행세를 하기도 했다. 이성 친구에게 관심을 가졌고 제가 하고 싶은 대로만 행동했다. 엄마, 아빠의 말은 귓등으로 흘려들었고, 야단을 쳐도 눈도 꿈쩍하지 않았다. 어설픈 겉멋을 내다 머릿니로 고생을 하기도 했고, 친구들에게 괜한 허세를 부리느라 엄청난 손해를 보기도 했다.

학교에서는 선생님의 수업 준비를 돕는 성실한 조교가 되었다가, 남자 아이들을 다 데리고 집으로 몰려오는, 철부지 말괄량이처럼 굴기도 했다.

또 친구에게 필요한 물건을 집에서 수시로 가져다주어, 간간이 물건들이 낡은 것으로 바뀌거나 없어지기 일쑤였다.

밑도 끝도 없이 등장한 신인류의, 학교를 옮기면서 시작된 사춘기 신호탄이었다.

넓어진 시야만큼 아이의 즐거움도 커졌지만, 생각에서 나온 행동이 아니었다. '나'가 빠진 채 선의의 감정과 느낌에서 나온, '너만 좋으라고' 하는 철없는 행동으로 보였다.

2006년 5월 14살. 남이섬 가는 배에서.

사람들을 좋아하고 생각보다는 느낌에 충실한 아이에게는, 이성적 판단이나 합리적 행동에의 요구가, 그저 귓전을 스치는 소음일 뿐이었다.

아무리 타일러도 소귀에 경 읽기였고, 엄마의 잔소리를 피하기 위해 점점 음지에서 비밀스레 행동하기 시작했다.

앞뒤를 안 가리는 그저 사람 좋은 마음과 행동은, 자칫 악의적으로 이용당할 수 있어, 아이를 학교에 보내는 나의 불안감은 날로 커졌지만 사춘기의 일탈은 좀처럼 줄지 않았다.

나를 긴장시키고 어이없게 만드는 일은 여기저기서 툭툭 터졌다.

아이는 쉽게 바뀌지 않았고 나도 마찬가지였다.

내 생각은 단단했고 불안과 두려움에 묶여 고정되어 있었지만, 아이는 분위기와 상대방의 의도에 따라 변화무쌍하게 나부꼈다.

분별력 없고 판단력이 부족한데도, 말귀를 알아듣고 스스로 행동을 고칠 때까지 마냥 기다릴 수는 없었다.

모든 상황은 수시로 변했으며, 의도를 숨기고 다정하게 접근하는 사람을 피할 줄 몰라 당하게 될 불이익이, 어떤 결과로 나타날지 몰라 두려웠다. 듣건 안 듣건, 언제 어디서 생길지 모르는 위험과 선의를 가장한 악의적 접근의 경계(警戒)를 포기할 수는 없었다.

늘 담임교사와 연락을 취하면서 아이의 상황을 공유하고, 일탈과 방황에서 지켜주려 애를 썼지만, 널뛰는 사춘기 소녀의 무한자유를 다 수용하면서 행동을 변화시키기엔 역부족이었다.

사춘기에 접어든 딸아이가 보여주는, 알기 어려운 생각과 행동을 이해하기 위해서는 더 많은 인내와 기다림, 관찰과 포용이 필요했다.

갑작스런 환경의 변화와 사춘기의 혼란스러운 감정, 또 그것을 주체하지 못한 부화뇌동은 아이뿐 아니라 엄마인 나에게도 혹독한 성장통을 몰고 왔다. 아이와 더불어 몸도 마음도 상해가며 치룬, 값비싼 수업료였다.

딸아이는 생각, 논리, 이성, 합리성, 효율성이 아니라 감정, 직관, 느낌, 재미, 호감도에 따라 마음이 움직이고 그것을 곧장 행동으로 옮긴다는 것을 확실히 알게 되었다. 그건 단지 사춘기라서가 아니라 아이가 본래 가진 성향이었다. 게다가 사람과 환경에 예민하게 열린 느낌과 감정을, 말이 아니라 온 몸으로 보여주는 존재이기도 했다.

동생이 태어났을 때 엄마의 침대 위에 올라와 구토를 하던 아이는, 자기의 솔직한 감정을 말이 아니라 몸으로 보여준 것이었다.

동생을 안고 있는 엄마가 낯설다고, 내 품을 찾아달라고, 나를 향한 사랑을 거두어 가지 말라고.

아이가 만나 경험하고 표현하는 자기 식의 세상살이를, 유별나다고 꾸짖어 고쳐놓을 수는 없었다.

몸처럼, 마음과 정신도 대부분의 사람들과는 다른 통로와 방식으로 세상을 만나는, 아주 특별한 개성을 가진 존재라는 걸 인정해야 했다.

아이의 내면에 숨은 영원한 피터팬은, 오늘도 나에게 이렇게 속삭인다.

"난 아직 어리다구요.

세상은 궁금한 것투성이, 부딪혀 경험해 보고 싶어요.

내 안의 식지 않은 열정과 호기심, 그것도 나예요.

내가 세상을 만나고 사랑하는 방식으로, 나를 보듬고 사랑해 주세요."

따라쟁이, 유행병

아이를 도우려는 최선의 노력에도 불구하고, 속마음과 생각까지 온전히 읽어낼 수는 없어 답답했던 적이 한두 번이 아니었다.

아무리 애써 물어도 왜 그러는지를 시원하게 말해 주지 않을 뿐더러, 정말 원하는 게 뭔지, 그 마음이 뭔지를 재차 물으면, 금세 닭똥 같은 눈물을 뚝뚝 흘리기만 할 뿐이었다.

성격상 모나거나 그다지 까탈스럽지 않은 아이가 이따금 사 달라고 조르는 것은, 그 당시 크게 유행을 타는 옷이나 가방 같은 것이었다.

유행이라 해도 자기 분위기나 스타일에 안 맞는 것이라면 아이에게 어울리는 다른 것을 권하기도 했는데, 그때마다 막무가내였다. 무던하고 순하기만 한 보통 때와는 전혀 딴판이었다. 유행을 따른다 해도, 똑같은 것을 입은 사람을 만났을 때는 민망하기도 한데, 아이는 그럴 때 오히려 자기와 똑같아서 반갑고 기분이 좋다고 했다.

남들이 좀 더 개성 있게 자기만의 스타일을 찾으려고 하는 것에 비하면, 집단에 소속된 안도감으로 만족하는 사춘기의 감정이려니 생각하면서도, 참 특이하다는 느낌을 지울 수가 없었다.

학교에서 또래들과 놀 때도 어린 동생이 끼면, 누구보다 만만하게 여기고 깔보면서 어린 대우를 해주지 않고, 앞장 서 술래를 시키거나 친구들과 함께 놀려대기도 하였다.

동생은 자기를 친구와 똑같이 대하거나 얕잡아보는 언니의 태도 때문에, 언니랑 같이 노는 것이 너무 힘들었다고 했다.

심지어는 친구들과 어울려 아빠나 동생을 놀리는 데 열광하기도 하여 처음에는 장난으로 여겼지만, 그런 장난에 광분하는 아이의 모습이 낯설고 의아했다.

자기 가족을 친구들이 장난삼아 놀릴 때, 대부분의 아이들은 화를 내거나 가족의 편을 드는데 반해, 아이는 오히려 아주 재미있다는 듯 의기양양하게 휩쓸렸다.

가족들을 누구보다 잘 챙기고 좋아하는, 평소의 아이가 아니었다. 온순하고 수동적인 보통 때와는 다른, 아이의 이중적인 모습에 당황스러웠다.

핸드폰이 청소년들 사이에 유행하였을 때도, 집과 학교만 엄마차로 오가던 아이에게 군이 비싼 핸드폰을 사 줄 이유가 없어, 좀 더 크면 사주겠다고 약속을 했는데, 아이는 그 때문에 의기소침해 있었던 모양이었다.

당시엔 학교 친구들도 핸드폰을 거의 가지고 있지 않아서 그런 감정을 가질 거라고는 생각도 못했었는데, 친구 집에서 버스를 타고 집에 오게 된 어느 날, 다들 자기 핸드폰을 들여다보는 버스 안의 사람들 모습을 보며, 가지고 싶은 마음에 뺏고 싶었다고 했다.

핸드폰을 가지고 싶은 아이의 열망도 그랬지만, 딸아이답지 않은 과한 표현에 깜짝 놀랐다.

무엇 때문에 그렇게 유행하는 물건에 집착을 하는지 알 수가 없었다.

그 후로도 오랫동안, 학교와 집안 일로 정신없이 지내느라 아이의 내면과 변화를 주의 깊게 살펴볼 틈이 없었다.

더디고 느리다 해도 언뜻 이해하기 어려운 말과 행동들이 불쑥불쑥 나타날 때 느끼는, 당황스럽고 혼란한 마음을 해소하지 못한 채 긴 시간이 흘렀다.

평소 먹을 것이나 물건에 욕심을 내지 않던 아이가, 집착하며 소유하고 싶어 하는 것은, 항상 '유행하는 물건'이었다.

아이의 취향이라 여겨 응해주면서도, 다른 사람들이 좇으려는 유행과는 뭔가 근본이 다르다는 느낌이었지만 그게 정확히 무엇인지 딱 짚이지는 않았다.

표현이 좀 서툴고 느려도 할 말은 다하는 아이와의 대화는, 주로 학교에서의 일상이었는데, 늘 자신이 주인공이 되는 이야기보다는 자기 눈에 비친 친구들의 이런저런 풍경들이 대부분이었다. 더디고 어눌한 표현력에만 신경을 곤두세웠던 내가, 대화 내용에 점점 주의를 기울이게 되면서 뭔가 이상한 걸 발견하였다.

아이의 이야기 속엔 자기가 없었다. 자신은 그저 관찰하는 '눈'일 뿐이었다.

여러 상황 속에서 자기가 무엇을 했다거나, 그때 친구들이 자신에게 어떻게 했다거나, 그것 때문에 좋았다거나 기분이 나빴다거나 하는 자기 의견도 거의 없이, 관람객의 카메라처럼 눈에 보이고 비친 것만 전해주고 있었다.

교실에서도, 주체적이지 못하고 곁에서 친구들을 따라하는 학습, 운동장에서도 깍두기나 옷걸이로, 주인공이 되지 못하는 놀이, 늘 바쁜 엄마 곁에서 듣는 잔소리와 시간에 쫓겨 수동적으로 해야만 하는 지루하고 버거운 일상은, 아이가 어디서도 스스로가 주인공이 될 수 없는 구조라는 것을 알아챘다.

주변인이나 이방인이 아니라, 주인의식을 가진 공동체의 소속감과 동질감이 주는 안정을, 똑같이 소유한 유행하는 물건에서 느끼는 건 아닐까라는 생각이 번뜩 났다. 자기도 친구들과 똑같이 한 덩어리가 되어 어린 동생을 깔보거나 식구들을 놀리고, 같은 물건을 소유하는 걸로 다른 사람들과 동질감을 느끼고 싶어 하는 것 같았다.

사람들과는 다른 신체적 외양과 거기서 생기는 소외감이나 열등감을, 아이 나름의 다른 방법을 통해 해소하려는 자구책인지도 모른다고 생각했다. 아이가 집착했던 것은 동질감이나 동류의식이었지, 단지 유행하는 물건이 아니었던 것이다.

사람들이 표현하고 싶어 하는 개성이나 주장도, 같은 목소리 같은 말로 소통하고 공감하며 동질감을 느끼고 인정받는 충분한 경험과 바탕이 있어야, 비로소 드러내고 발산할 수 있다는 걸 알게 되었다.

아이가 가르쳐 주지 않았다면 모르고 살았을 인간에 대한 이해, 너무 당연해서 잊고 사는 기본을, 아이는 나에게, 행동으로 묻고 답해주고 있었다.

아이의 옷과 가방, 신발과 액세서리에서, 단박에 시대의 트렌드를 읽을 수 있는 것이, 아이의 개성이 될지도 모르겠다.

'따라쟁이'라 쓰고, '소속과 동질감'이라 읽는다.

너의 목소리가 들려

건강하게 태어난 작은아이는 큰 어려움 없이 무럭무럭 잘 자랐다.

예방주사를 맞는 것 외에는 병원에 갈 일이 거의 없었고, 잔병치레도 하지 않아, 병원도 약국도 필요 없었다.

아이를 가지기도 전부터 기도로 준비하고, 임신한 열 달 내내 성경말씀과 기도의 태교로 태어난 아이답게, 건강하고 예쁘게 자라났다.

먼 훗날, 부모 없이 사는 삶이 벅찰지 모를 언니를 돕고 보호해 줄 수 있는 건강한 아이를 주십사는 바람은, 열 달 내내 올리던 기도의 내용이었다.

까만 눈의 포동포동한 아이에게, 탐스럽다 과찬했던 예방접종 소아과 의사의 말이 그리 틀린 것은 아니었다.

백일이 넘도록 혼자 앉지도 못했던 허약한 큰아이 때와 비교하면, 시들시들 메말랐던 내 마음까지, 아이처럼 토실토실 영그는 것 같았다.

동생이 빨리 자라 여섯 살 터울 언니와 맞잡이가 되는 '상향평준화'를 기대했건만, 나의 터무니없는 욕심을 반영하듯 동생 수준의 '하향평준화'가 되는 것처럼 보였다.

병원을 오가느라 마음껏 놀지 못했던 큰아이는 어린 동생과 함께 놀면서, 자랄 때 해보지 못한 놀이와 경험을 하게 되어 오히려 다행스럽기도 했다.

엄마랑 노는 것보다 백 배 재미있는 동생과의 놀이에 신이 난 큰아이의 얼굴은 활짝 피어나는 꽃 같았다.

둘은 성격도 행동도 판이했지만, 무엇이나 양보하는 큰아이가 동생과 싸울 일은 없었으며, 제 눈에 봐도 예쁘고 건강한 동생은 큰아이의 자랑이었다.

두 아이들의 성장 과정을 통해, 아이들끼리만 주고받을 수 있는 소통과 감정이, 서로에게 적절한 긴장과 자극이 된다는 걸 알았다.

협력, 양보, 나눔, 우애 같은 인간의 기본 미덕은, 가족 안에서 시작되고 어린 시절 놀이에서 싹이 트고 자라난다.

우리 가족에게 선물로 온 작은아이는, 하늘이 내린 '맞춤형' 보배였다.

2002년 한일 월드컵. 동생과 집에서 응원 중.

하늘에서 가져온 선물과 은혜가 큰 것처럼, 작은아이가 이 세상에서 감당해야 할 운명의 몫도 결코 적지는 않았다.

언니의 치료와 수술을 위해, 함께 견디고 이겨내야 하는 평범하지 않은 일상은, 동생이 어리다고 해서 피해 주지는 않았다.

두 돌이 채 되기도 전부터 놀이방에 맡겨진 것도 언니의 물리치료를 위해서였으며, 친구 집을 전전하며 통학을 해야 했던 것도 언니의 수술로 인한 엄마의 부재 때문이었다.

안쓰럽고 마음에 걸렸지만 큰아이의 치료를 위해선 어쩔 수가 없었다.

언니의 병실에 와서는, 엄마랑 같이 자고 싶다고 눈물을 글썽이거나 엄마랑 떨어지기 싫다며 나를 꼭 안고 있을 때면, 나도 작은아이처럼 약해지려는 마음을 추슬러야 했다.

언니로 인한 가족 모두의 어려움을 가까이에서 지켜보고 또 겪으면서, 신체가 부자유한 친구들의 불편을 조금이나마 헤아리고 배려할 줄 알게 된 작은아이는, 선생님과 친구들 그리고 몸이 불편한 친구 사이에서 소통의 가교 역할을 톡톡히 하였다.

그건 작은아이가 세상에 돌려줘야 할, 자기만의 의무요 책임이라고도 생각한다.

같은 유치원을 다녔던 장애우와 다시 같은 학교, 같은 반에서 함께 공부하게 된 아이가, 잠자리에 누워 이런저런 이야기를 나누던 어느 날 밤, 이야기 도중 갑자기 한숨 섞인 속 깊은 울음을 우는 것이었다.

어른도 아닌 초등학교 1학년 아이가 흘리는 뜨거운 눈물의 정체에 놀라, 왜 그러냐고 물으니 장애 친구를 챙겨주는 게 너무 힘들다며 다른 친구들과도 마음껏 놀고 싶다고 했다.

선생님이나 엄마도 그 친구를 잘 살펴주며 놀라고 했지 그 친구하고만 놀라고 한 건 아니었는데, 자기가 없으면 다른 아이들과 소통이 어려운 친구를 혼자 두고는, 마음 편히 놀 수 없었던 모양이었다. 순수하고 정직한 아이다운 책임감이 기특하기도 하고 짠하기도 하였다.

그게 단지 학교만이 아니라 집에서도 언니로 인해 부담이 되었겠다는 생각에 새삼 놀랐고, 알게 모르게 아이가 받아왔던 스트레스의 크기와 무게에 가슴이 저렸다.

어른도 하기 힘든 일관된 책임과 배려의 행동을 아이가 하려고 했다는 것도 그렇지만, 어른들이 놓치기 쉬운 아이들의 생각과 속마음을 주의 깊게 살피고 헤아려 주는 것이 얼마나 중요한지 다시 한 번 깨닫게 되었다.

큰아이는 장애가 있어서 보살펴 주어야 하고, 작은아이는 장애가 없어서 헤아려 주어야 했다.

손발이 해야 할 일만큼이나, 두 아이에게 마음 써야 할 일도 끝이 없었다.

장애가 있다고 언제나 배려를 받아야 할 것도 아니고, 장애가 없다고 무조건 양보해야 하는지도 생각해 볼 일이다.

때로는 장애우가 다른 친구들을 배려해야 할 때도 있고, 장애우의 양보가 전체의 일을 더 조화롭게 만들어 줄 때도 있다.

그 장애가 가진 특성과 어려움을 제대로 파악하고 적절한 도움을 주어야지, 무조건적 이타심과 동정심에서 출발한 배려나 양보는 때때로 장애우의 자존감을 저하시키기도 하고, 의존성을 강화시켜 주기도 한다.

정말 필요한 도움을 주고받을 수 있는, 장애와 인권에 대한 바른 이해가 모두에게 절실한 시점이다.

아이들은 종종 친구의 장애를 잊고 동등한 입장에서 비교하고 판단하여 불평을 호소하기도 하는데, 장애우라는 이유로 과도한 편들기나 전체의 질서와 조화를 깨는 불평등한 보호와 배려를 한다면, 오히려 자연스러운 관계를 해치기도 하고 자칫 소외될 여지도 있다.

또 열등감에서 비롯된 왜곡된 상황판단과 부모의 과도한 개입도 경계해야 할 부분이다.

관계 속에서 흔히 일어나는 평범한 일들을 과대평가하여 문제 삼지 않도록, 냉정하고 객관적으로 아이와 상황을 보려는 노력은 장애우의 부모뿐 아니라 모든 부모에게 필요하다고 생각한다.

배려는 특별대우가 아니라, 개인이나 전체의 목적과 조화를 위한 적시의 도움이어야 하고, 양보는 상대방의 어려움을 나누고 상대방의 입장에서 한 번 더 생각해보는, 선의의 자발성에서 나와야 한다.

강요된 선행과 형식적 도덕성은 표출되지 않는 내면의 불만으로 쌓여 서로를 해치는 관계로 발전될 수 있다.

장애 여부를 떠나, 사람이면 모두가 갈구하는 사랑과 관심, 이해와 배려. 그건 일방통행이 아니라 양방향으로 소통하고 순환해야, 커지고 깊어지고 넓어지는 낙원의 겨자씨가 아닐까.

그날 밤, 작은딸의 세미한 소리와 이슬 같은 눈물은 잠자는 세포를 흔드는 매운 죽비가 되어 나를 깨웠다.

제4막

희망

장애(長愛), 긴 사랑을 위하여

장애로 치유하는 장애

아이의 신체장애가 나를 괴롭히는 것 말고, 나와 우리 가족에게 어떤 의미가 있는지, 오래도록 도무지 알 수 없었다.

아이를 낳고 키우는 동안 주변 사람들의 수다한 위로는 말장난처럼 귓등을 스쳐 갔으며, 건강한 사람들의 어설픈 위안은 마음에 와 닿지도 않았다.

아주 쉽게 동정하고 돌아서면 잊고 마는 가벼운 위로나, 마음대로 판단하고 자기 식으로 해석하는 모난 언사와 나를 훈계하는 지당하신 말씀들은, 덧나고 곪은 상처에 모래를 뿌리는 것 같았다.

누구는 아이가 하나님의 특별한 선물이라거나 아이로 인해 큰 은혜를 입을 것이라고도 했지만, 고통과 슬픔의 한가운데 있는 내가 새겨 담기에는 때 이른 위로였다.

말도 행동도, 타이밍이 적절해야 의미 있는 법이다.

말없이 곁에서 따뜻하게 손잡고 귀 기울여 주는 진솔한 침묵과 기도보다 더 큰 위로를, 나는 아직 알지 못한다.

아이를 돌보며, 내 뜻과 상관없이 때를 참고 기다려야 하는 것과 나만의 노력과 열정만으로는 내 뜻대로 세상을 살아가기 어렵다는 걸 알게 되었다.

결혼 전에는 내가 계획하고 땀을 쏟으면 그 가상한 노력을 지원하는 부모님과 주위의 도움으로, 목적을 성취하고 대가를 받을 수 있었고, 하기 싫은 일과 보기 싫은 사람은 살짝 피하기만 해도 되었다.

내 노력과 수고만으로도, 내가 세운 목표에 닿을 수 있다는 자신감으로 충만했던 시절이었다.

게다가, 꼭 내가 노력한 만큼만 보상을 받는다고 투덜거렸던 때를 떠올리면, 요행수를 바랐던 철없는 욕심에 웃음까지 나온다.

노력의 대가는커녕 물거품이 되고 마는 허다한 경우와, 안 하느니만 못한 결과로 이어지는 주변의 무수한 사건을 지켜보면, 나는 대체로 운이 좋은 편이었던 것 같다.

행운이나 성공도 남모르는 수고와 노력의 토대 없이는 돌아오지 않으며, 그것도 하늘, 땅, 사람들의 도움 없이는 이룰 수 없다는 걸 뼈저리게 실감한 세월이었다.

만만치 않은 도전과 장애물은 도처에 널렸고, 나를 시험하는 일들에 걸려 낙담하고 좌절하여, 이따금 죽음의 언저리에도 서성거렸다.

내가 어디로 가는지, 왜 이 길을 가는지, 이 험난한 길의 끝에는 무엇이 있는지, 언제까지 가야 하는지도 모르고 무작정 가야 하는 길은, 나를 지치게 했고 의욕을 앗아갔다.

끝을 보겠다고 나선 조급한 발걸음은, 죽을 때까지 끝을 볼 수 없는 나그네에게 죽음을 재촉하는 것인지 모른다. 그냥, 내 삶이 이런 끝도 없는 고행의 과정이려니 여기고, 쉬엄쉬엄 고난을 벗 삼아 가지 않으면 하루도 살 수 없을 것 같았다.

아무도 알 수 없는 땀과 눈물을 남모르게 훔쳐가며, 내가 모르는 타인의 고통도 거기서 거기려니 여기기로 했다. 남의 떡이 커 보이고, 내 손톱 밑의 가시가 아프다는 말이 괜히 있는 건 아닐 것이다.

사람들은 자기에게 불편을 줄지 모르는 타인의 장애에 그다지 호의적이지 않았으며, 불이익을 당하게 될지 몰라 경계하였고, 도움이 필요할 때 망설였다.

세상이 설정한 두려움의 울타리는 생각보다 강하고 견고하여, 울타리 밖의 장애인에게 경계를 풀고 도움의 손길을 내미는 건 큰 용기가 필요한 일이었다.

울타리 안 대다수의 사람들처럼, 울타리 밖, 장애인 편에선 나역시 세상의 위선과 악에 맞설 용기나 의욕이 생기질 않았다. 그런 세상과 내가 싫어, 눈을 감아버리고만 싶었다.

그럴 때마다, 이런 허무한 종말을 맞으려고 내가 세상에 태어나 그토록 치열하게 살아온 걸까라는 물음 앞에 주춤거렸고, 이유를 알 때까지 살아보겠다는 오기로 이를 악문 적이 한두 번이 아니었다.

아이는 왜 이 험한 세상에 장애를 가지고 내게 온 것인지, 나는 왜 장애아를 키우면서 삶과 죽음의 경계에서 이렇게 힘든 싸움을 하는지 알아야 했다.

그걸 알기 전에는 죽을 수도 없었다.

초등학교 1학년 무렵 아이가 하교 길에 친구가 사줬다며 들고 온 장난감 때문에 몹시 화가 난 적이 있다. 허접한 장난감도 싫었고 그걸 친구가 사줬대서 더 싫었다.

아이가 거짓말을 하고 있는 것이 틀림없었다.

그때 아이는 엄마가 무서워, 갖고 싶어 제 돈으로 산 걸로 친구 핑계를 댔는데, 단지 거짓말을 한다는 이유만으로 아이에게 무섭게 화를 내었다.

큰아이의 일로는 사소한 것에서도 마음속에 쌓이고 고인 화가 폭발하곤 하는데, 그날의 거짓말은 이런저런 일로 분노의 불씨가 일어났던 내게 휘발유를 부은 것과 다름없었다.

왜 거짓말을 하냐고 야단을 쳐도 엄마가 무서워 더 그랬는지, 이름을 댈 수도 없는 친구를 핑계 삼는 아이의 모습에, 그만 이성을 잃고 아이를 마구 때렸다.

감정이 묻어있는 비교육적인 매질이었다.

아이는 울면서도 나를 똑바로 쳐다보며 또박또박 "엄마, 도대체 나한테 왜 그러세요?"라고 외쳐 물었다.

순간 그 한마디가 아이의 말로 들리지 않고 '도대체 너 왜 그러니?'라는 하늘의 질책으로 들려, 깜짝 놀라 숨이 멎는 것 같았다.

그 일이 있고 나서야, 아이의 정신과 선생님이 누차, 치유를 위해 엄마도 상담을 받으라는 말에 코웃음을 쳤던 걸 후회하면서 부랴부랴 상담실을 찾게 되었다.

그때까지 나는 내 상처가 얼마나 깊은지 알지 못했고, 아이를 뒷바라지 하느라 나를 돌아볼 여유가 전혀 없었다.

쌓이고 쌓인 마음의 병으로 응급실을 찾을 지경이 다 된 것이었다.

진지하고 깊이 있는 치유의 50분을 위해, 준비하고 돌아보는 일주일이, 이유도 모른 채 분노를 키워 왔던 암흑의 시간에 빛을 비춰주는 것 같았고, 긍정적으로 나를 돌아보게 하는 상담 선생님의 적절한 질문들을 틈틈이 되물으며, 화의 근원을 찾아갔다.

내가 주인공이 되어 스포트라이트를 받으며 스스로를 관찰하고 성찰하는 그 절대시간은, 나를 돌아보고 아이를 새롭게 만나는 계기가 되었다.

최소 6개월 이상으로 예정된 상담 치료를 3개월로 단축할 수 있었던 건, 더 이상 아이와 내가 이렇게는 살 수 없다는 절박함에서 시작된 적극적인 돌아보기 때문이었는지도 모른다.

아이의 출생보다 훨씬 더 오래전, 대가족 속에서 일어났던 크고 작은 일들이 예민했던 내게 남긴 상처와, 소통의 부재가 키운 억울하고 답답한 심정 그리고 마음으로 받아들이지 못하는 아이의 장애 등.

나는 견고한 나만의 성에 들어 앉아 완고한 편견에 사로잡힌, 분노의 화신, 상처투성이 외톨이였다.

아이가 아니었으면 평생을 안고 살 뻔했던 상처와 뿌리 깊은 마음의 장애였다. 아이가 나를 치유해 주는 다리가 된 셈이었다.

아이의 장애에서 비롯된 느림과 착하고 밝은 천성은, 이후로도 똑똑하지만 외로운 벗들이나 지루한 일상을 반복하는 어른들을 치유하기도 하였다.

건성으로 들으면서 생각 없이 판단하고, 애정 없이 훈계하려는 똑똑한 사람들 틈에서, 편견 없이 듣고 그 입장에 공감하며 진심으로 고개를 끄덕여 주는, 느리고 어눌하고 몸이 불편한 아이를 사람들은 너나없이 아끼고 사랑해 주었으며, 기꺼이 챙기고 도와주면서 그들 스스로를 치유하였다.

비정상 장애인의 몸을 가진 아이의 내면에는, 세상을 향해 무한대로 열린 따뜻한 사랑과, 맑고 투명한 천상의 지혜가 샘솟는 것 같았다.

장애의 덫 대신 치유의 닻을 세워 준, 아이의 넓고 깊은 내면의 바다에는 하늘이 담겨 있을지 모른다.

2007년 15살 여름. 대관령 삼양목장에서.

순진한 스페셜리스트

대한민국의 성인 인증서 곧 주민등록증을, 무슨 합격증서인 양 좋아라 받아 든 아이 곁에서 숨 가빴던 지난 18년을 되돌아보니 한바탕 꿈을 꾸고 난 것 같았다.

근심, 걱정을 끌어안고 앞으로만 내달려 온 사이, 어느 새 아이는 투표권을 가진 어엿한 성인이 된 것이다.

세월이 유수 같은 게 아니라 내 인생이 유수 같았다.

어렵사리 고졸 검정고시까지 치르고 학교를 졸업시키자, 부모로서 공식적인 배움의 과정을 후회 없이 뒷받침했다는 자부심까지 생겼다.

이제 대학 진학이나 다른 학업은, 아이 스스로의 욕구와 선택의 문제로만 남았을 뿐이다. 아이의 공부와 학업에서 자유로워졌다는 것만으로도 날개를 단 기분이었다.

날개를 단 김에 어디로든 훨훨 날아가고 싶었다.

우여곡절 끝에 치른 검정고시의 긴 과정도 파란만장했지만, 그중 백미는 '검정고시 거부 가출 준비 사건'이었다.

초·중졸 검정고시는 한 번 만에 통과했지만, 고졸 검정고시는 아이에게 벅찬 난관이었다. 기초 실력이 부족했고 무엇보다 수학은 젬병이었다.

중졸 검정고시를 도와주며 머리에서 쥐가 나는 경험을 했던 터라, 그 시험이 끝나자 다시는 공부를 시키지도, 하라는 말도 하지 않겠다고 선언한 후였다.

수술 뒷바라지보다 더 힘들고 고된 경험이었다. 시험공부를 시키느니 밥을 굶고 중노동을 하는 게 더 나을 것 같았다. 그러나 힘들기는 아이도 마찬가지였을 것이다.

대학을 갈 것도 아니고 이력서를 들고 대기업에 입사를 할 것도 아니니, 스스로 정말 필요하다고 생각할 때 본인의 노력을 돕겠다는 나와, 어려워도 하는 김에 해야 한다는 남편의 생각이 첨예하게 맞서 평행선을 달리는 동안, 또다시 시험을 치러야 할 당사자인 아이는, 제 나름 힘겨운 고민을 하고 있었던 모양이었다.

시간이 오래 걸리더라도 천천히 한두 과목씩 나누어 보는 걸로 남편과 합의하고, 아이에게도 그렇게 하면 큰 부담이 없을 거라며, 내키지도 않는 설득을 해야 했다.

어려서도 그랬지만 커서도 마찬가지로, 아이는 부모의 설득과 논리를 내용이 아니라 느낌과 감정으로만 받아들였다.

부모님이 검정고시를 잘 봐서 대학을 가라고 압박을 한다며, 몇 날 며칠 선생님께 찾아가 울며 하소연을 했던 모양이었다.

선생님은, 부모님이 왜 대학 진학 문제로 압력을 행사하여 그렇지 않아도 힘든 아이를 더 힘들게 하는지 의아해했다는데, 그건 나중에 선생님과 면담하는 과정에서 알게 된 내용이었다.

부모에 대한 불신과 비호감이, 관심과 사랑을 왜곡하고 거부하기에 이르자, 아이는 제 나름 가출 계획을 세워 친구들의 도움까지 요청해 놓고 있었다.

빈약하고 엉성하기 짝이 없는 가출 계획엔, 가출 후의 허름한 일상이 핑크빛 낭만으로 그럴듯하게 포장되어 있었다.

머리 컸다고 별짓을 다한다 싶어 화가 치밀었고, 어려움을 피하고만 싶은 아이의 처지와 단순무식한 해법에 쓴웃음마저 나왔다.

엉뚱한 다른 일로 백일하에 들통난 가출 계획이 황당하고 어이없었지만, 곰곰이 생각하니 아이는 이성과 논리로는 절대 다가갈 수 없는 존재라는 사실을 그만 잊고 있었던 것이었다.

이성이 앞서는 부모와, 감성만 충만한 아이.

더 어릴 때도 야단을 치면, 보통의 아이들은 풀이 죽거나 변명을 하며 애써 자기를 방어하는데 반해, 아이는 기다렸다는 듯 금방 깊은 잠에 빠져들곤 했다.

엄마한테 혼날 때마다 깊이 잠드는 아이를 어디서 본 적도 들은 적도 없어, 어처구니없고 기분이 겹으로 상해서, 나중에는 자는 아이를 깨워 마저 야단친 적도 있었다.

느낌과 감성으로만 세상을 보는 아이는, 잘못한 내용이 아니라 화가 난 엄마의 표정만으로도 무섭고 질려, 그 상황을 피하고만 싶은 마음이 곧바로 잠으로 표현되는 것이었다.

천사도 외계인도 아닌 이 아이를, 지구인인 내가 이해하기란 하늘의 별을 따는 것보다 어려운 것 같았다.

따지고 이해하기 전에 무조건 수용하고 포용해야 했다. 계획과 책임으로 만나기 전에 마음으로 감싸고 사랑으로 안아줘야 했다. 나를 힘들게 하는 장애의 겉옷 속에 든 백옥 같은 동심을 귀히 대접해주었어야 했다.

세상의 잣대로 아이를 판단하고 걱정하고 책망하고 충고하는 사이, 아이의 푸른 감성은 차갑게 시들어 우리 곁을 떠나가려고 하고 있었던 것이다.

아이가 아니라 내가 바뀌어야 했다. 아이 곁에서 무릎을 굽혀 눈높이를 맞추고, 작은 손을 잡아주면서 아이와 세상을 보아야 했다.

시작이 반이라 하지 않던가.

반은 왔으니 늦었다 생각 말고, 나머지 반을 이제부터 차근차근 가면 되는 거다.

무슨 말을 해도 끝까지 다 들어주고 판단하지 않기.

사리에 맞지 않아도 "그러냐"고 맞장구치거나 "그렇구나"라며 거들기.

아이가 즐겨 듣는 음악과 찾아보는 텔레비전 함께 듣고, 보기.

싫다는 음식 안 권하고 좋아하는 음식 푸짐하게 차려주기.

웃을 일 없어도, 짜증나도 그냥 웃어주기.

잔소리와 훈계를 참고, 묻는 말에 간단하고 상냥하게 답해주기.

속에서 천불이 나도 화내지 않기.

자주 쓰다듬고 손 잡아주고 안아주기.

고맙다고, 사랑한다고 말해주기.

처음엔 끼니를 굶는 것보다 더 어려웠던 일들이, 아이와의 더 좋은 관계를 위한 일념으로 용맹정진하게 되자 조금씩 수월해졌다.

얼마쯤 지나자, 자아를 버려야 가 닿는 무념무상, 해탈의 경지 어느 언저리에 이른 것 같은 착각마저 생겼다. 아이를 이해하고 받아들이기 위한 피나는 득도의 과정, 눈물 나는 구도의 길이었다.

큰아이의 엄마가 되려면 팔방미인에다, 득도, 해탈하여 열반에 든, 반신반인이어야 했다.

아이와 함께 웃고, 즐기는 노래를 따라 부르며 아이의 일거수
일투족에 흥미로운 관심을 보이자, 아이의 눈이 빛나고 생기가
올랐다.

한 달쯤 지나자 엄마가 달라졌다고 고개를 갸웃거리더니, 해
맑은 얼굴로 나를 졸졸 따라다니며 인기 아이돌 그룹부터 예능
과 개그까지 광범위한 수다를 떨게 되었고, 집이 제일 편안하다
며 내 곁을 서성였다.

엄마의 호의적 관심과 따뜻한 공감에 목말랐던 것이 틀림없
었다.

아이의 이런 변화가 나 역시 놀라웠다.

마음의 거리를 두고서, 관찰하고 판단하며 어떻게 할지를 고
민하느라 놓친, 아이의 상태와 마음의 결이 있는 그대로 전해지
는 것 같았다.

장비도 없이 심해에서 안간힘을 쓰다, 물놀이 해수욕장에서
아이와 함께 물장난하는 기분이었다.

아이가 바라보는 쉽고 재미있고 흥겨운 세상을 나란히 앉아
보고 있노라니, 우선 마음이 가볍고 편안해졌다.

나와 아이 사이에 놓여 있는 '장애'라는 큰 강이 둘 사이를 갈

라놓았던 건지, 내 안에서 키워 낸 장애의 그림자가 실재보다 더 커져버려 아이의 본질을 볼 수 없었던 건지 잘 모르겠지만, 아이의 존재 자체 보다 '장애'에 방점을 둔 내 인식의 문제였음은 확실해 보였다.

부모에 대한 불신이 빚어낸 야심찬 가출 계획은, 마음에 철의 장막을 둘렀던 엄마의 반성과 회심 모드로 백지화되었고, 뻔한 가족 드라마의 해피엔딩처럼, 우리는 예능코드가 통하는 이심전심 모녀의 정을 다시금 확인하게 되었다.

나는 스마트 폰을 자유자재로 다루는 아이만큼 스마트하지도 않으며, 운전석 옆 자리에서 아이가 들려주는 7080 가요가 없으면, 운전하는 재미가 없을 것이다.
내 실없는 말에, 코를 벌름거리며 웃을지 말지를 고민하는 아이의 표정이 아니면, 눈물 나게 웃을 일이 없을지도 모른다.

내가 '썸 타는', 세상에 하나뿐인, 집 나가면 절대 안 되는 내 딸, 그녀는 남루한 겉옷의 순진한 스페셜리스트다.

=재윤이의 일기= 20대를 맞이하는 재윤이에게 (2011.12.31)

10대의 마지막을 보내고 20대를 맞이하기 위해 마음의 준비를 하는데 뭔가 20대의 첫날부터 엄청난 변화가 있을 것만 같다.

기대되는 것도 있고 막연함도 느껴지고 두렵기도 하다.

20대가 된다는 것은 이제 정말 어른에 가까워지고 있다는 뜻이기도 하고 자유도 많아진다는 것이다. 하지만 그 뒤에는 책임이 따른다는 것, 내 스스로 챙겨야 한다는 말이다.

20대에는 무엇이든 도전하는 삶을 살고 싶다. 남들만큼 따라가기 힘들다면 천천히! 확실하게! 하고 싶다.

파이팅! 유재윤!

2014년 8월. 친구들과 기차여행 중 전주 전동성당 앞에서.

따로 또 같이

아이가 다녔던 중고교 통합 대안학교에서는, 우리 국토를 자전거로 둘러보면서 학생들의 의지와 자율성, 책임감과 성취감을 키워주려고, 24박 25일에 걸친 자전거 전국일주 프로젝트를 실시하였다.

예비 단계로 속초까지 가는 2박 3일의 자전거 여행에서, 아이는 하루 만에 인대가 늘어나는 부상을 입어 호송차로 여행을 마무리했지만, 그때 집으로 오지 않고 친구들과 끝까지 함께했던 경험을 소중한 배움과 추억으로 삼는 걸 보면서 당장 달려가 데려오지 않길 잘했다고 생각했다.

야외수업마다 부상과 상처가 끊이지 않았고 깁스와 치료로 한 달 넘게 고생을 하기도 하면서, 다음번 야외 수업을 기다리는 아이의 모습은 느리고 더뎌 몸 쓰기를 싫어하는 평소와 달라 뜻밖이었고 한편으로는 당황스러웠다. 매번, 부상으로 신경을 써야 하는 내가 오히려 번거로워, 힘든 야외수업에 아이가 불참하기를 은근히 바랐다.

심각한 부상으로 몇 달씩 병원을 들락거리면서도 선생님, 친구들과 함께라면 뭐든 하겠다는 아이의 의지만은 확고했다.

일주일에 걸친 제주도 자전거 여행에서도 반 이상을 지원차량의 신세를 지며 곁에서 친구들을 도왔는데, 자전거를 타느라 힘들었던 친구들의 불평에도 주눅이 들지 않았던 건 함께하는 즐거움이 더 컸기 때문일 것이다.

반 정도 따라하면 완주나 다름없다는 생각으로 장도에 오른 대망의 자전거 전국일주는 나와 아이의 두려움과 설렘을 놀라움과 감사로 승화시킨 일대 사건이었다. 검정고시와 가출사건 그리고 크고 작은 사춘기의 일탈로 애간장을 끊어 놓고 내게 허탈과 좌절감을 남긴 채, 자전거를 타고 떠난 딸아이도 마음을 단단히 다지고 나선 길이었다.

며칠 후면 힘들어서 포기했다는 소식이 들리려니 했는데 닷새를 넘어 열흘이 지나도 여전히 밝고 씩씩한 목소리로 그동안 얼마큼 달려 어디까지 왔고 내일은 어디로 갈 거라고 일정을 알려주었다. 몸을 마음대로 쓰지 못하는 아이가 건강한 사람도 도전하기 어려운 자전거 전국 일주를 시도했다는 것도 그랬지만, 친구들과 함께 그 힘든 노정을 하고 있다고 하니 안쓰럽고 대견

하였다. 목소리로만 듣는 딸아이의 안부에 안도하면서 처음으로 갖는 짧은 이별에 마음이 한결 가벼워졌다.

결혼 후 처음 만난 동창들과 여행을 떠나 밤새 수다도 떨고 여유롭게 책도 보고 산에도 다니며, 한시도 머릿속을 떠난 적이 없는 큰아이를 잠시 잊고, 혼자서, 또는 작은아이와 둘 아니면 남편까지 셋의 지극히 평범한 일상과 휴식을 가졌다.

아이는 난생처음 몸으로 겪는 최대의 도전에 맞서 죽을힘을 다해 페달을 밟으면서 땀과 눈물의 맵고 쓴 맛을 순간순간 체험하고 있을 것이었다.

아이와 처음으로 몸과 마음이 멀어진 한 달 가까운 시간, 나에게는 아이가 없는 그 평범한 휴식이, 아이에게는 엄마의 보호가 없는 고독한 도전이 대단히 특별했던 각자의 시간이었다.

어린 시절 식구들로 북적이던 집에서도 혼자 있는 시간이 싫지 않았던 나는 커서도 내 공간과 시간을 무엇보다 소중하게 여겼다. 누구도 간섭하지 않는 나만의 시간과 공간은 오롯이 나만의 것이었고 무엇으로도 바꿀 수 없는 내 보물 창고였다.

내 인생에서 내가 컨트롤할 수 있는 유일한 내 시간과 작은 공간에서, 시공을 초월한 다양한 사람을 수시로 만나고 넓은 세상을 무시로 접할 수 있었다. 소크라테스와 공자, 붓다와 예수, 메

소포타미아에서 베를린 장벽까지, 타임머신이 된 내 방에서 내 사유의 거리와 깊이는 끝이 없었고 아무도 그곳을 함부로 침범할 수 없었다. 그 시공간이야말로 내가 세상을 살아갈 힘과 재충전의 터미널이었다.

결혼과 큰아이의 탄생은 내 시간과 공간, 내 사유와 자유가 없어진다는 의미라고, 긴 시간이 말해 주었다. 잠시도 혼자 있을 수 없었고, 한시도 머릿속을 떠나지 않는 아이 때문에, 혼자 있는 짧은 시간조차 혼자가 아니었다. 죽을 각오로 이를 악물고 나선 자전거 전국일주가 아니었으면, 아이를 잠시 잊어야 가질 수 있는 혼자만의 달콤한 휴식은 꿈도 꿀 수 없는 일이었다.

큰아이의 일은 주변의 경험이 크게 도움이 되지 못하는 것투성이라, 늘 맨땅에 헤딩하는 기분으로 혼자서 해결하곤 했다. 몸의 장애를 고치느라 15년을 넘게 보내고 나니, 늦게 터진 사춘기의 질풍노도가 시작되어 나를 다시 혼란에 빠뜨렸다.

산 너머 산이었다.

'지랄 총량의 법칙'이라 했던가.

사람이 평생에 걸쳐 하는 지랄의 양이 있어, 그것이 언제가 되었건 죽기 전까지 그 양을 채운다는 뼈 있는 농담처럼, 장애가 있고 심성이 고운 우리 딸이라고 예외가 아니라는 걸 확인해 주었다.

학생 때 사고 친다고 좌절하지 말고 걱정 없이 잘 큰다고 방심하지 말라는 의미이기도 한 그 말이, 나를 위로해 줄지는 몰랐다. 사람이 평생 쏟는 눈물이나 고생도 그 '지랄'처럼 총량이 있다면 나와 아이는 이제 웃을 일만 남았는지도 모른다.

검정고시로 한바탕 진을 빼고 가출 계획에다 크고 작은 사건사고로 애를 태우다 떠난 아이의 뒷자리는 화산이 폭발하여 분출된 용암이 터져 흐르다 식어버린 것 같았다. 더 생각하여 걱정을 만들기도 싫었고 그런 게 해결책이 될 리도 없어 그냥 정지, 무념무상 모드가 된 것이 아이가 자전거를 타고 떠날 무렵이었다.
다 잊고 쉬어야 했다.
너덜거리는 내 마음과 뜨거워진 머리도, 가만히 두고 식혀야 했다.
한편, 상처투성이 엄마를 두고 떠난 딸아이의 긴 자전거 여행은 혼란스러웠던 자신을 돌아보게 만든 고난과 성찰 그리고 성취감과 자신감에 고무된 성장의 시간이었다. 집에서 엄마와 함께였으면 절대 이루지 못했을 성취였으며, 아이와 함께였다면 절대 갖지 못했을 휴식이었다.

우리의 성장을 위해
너와 나의 휴식을 위해

함께 한 시간에 의미를 부여하기 위해
우리는 만나고 또 헤어져야 하는지 모른다.
내가 나이기 위해, 네가 너이기 위해
만남은 이별을, 이별은 다시 만남을 약속하고
서로의 흔적을 삶 속에 녹이면서
나는 네가 되고 너는 내가 되어가는 건지 모른다.

이렇게
따로 또 같이.

=재윤이의 글= 전국일주 자전거 하이킹(2011.12)

이번 자전거 하이킹이 나에게는 졸업 여행이자 10대의 마지막 여행이라 특별하였다.

처음에 전국일주 자전거 하이킹을 한다고 했을 때 내가 과연 할 수 있을지 의문이었다. 제주도 한 바퀴도 완주하지 못했던 내가 전국일주라는 엄청난 목표를 이룰 수 있을지 걱정이 앞섰다. 그러나 긍정적인 내 성격대로 한번 도전해 보기로 마음먹었다. 몸과 마음이 나약한 나 자신을 이기기 위해서 그리고 큰 성취감을 가지고 당당히 졸업을 하기 위해서 친구들과 전국일주 자전거 하이킹을 하기로 하였다. 그동안 무엇이든 하려고 하면 다치고 넘어져 겁이 나긴 했지만 두려움을 용기로 바꿔 보고 싶었다.

선두에 서신 선생님의 깃발을 따라 친구들과 일렬로 가는 길은 처음 며칠은 그다지 외롭거나 힘들지 않았지만 날이 갈수록 기운이 빠지고 힘이 들었다. 하루에도 몇 번씩 포기하고 싶은 마음이 일어났다. 그러나 나를 응원해 주시는 부모님과 가족들을 떠올리며 고통을 참았다. 출발 할 때의 힘찬 모습처럼 자전거를 타고 당당히 다시 학교로 돌아가는 내 모습을 상상하며 하루하루 고통을 참았다.

가다가 어두운 터널을 지날 때는, 앞으로 살아갈 내 인생의 터널도 인내심을 갖고 힘껏 나아가면 자전거를 타고 어두운 터널을 빠져나갈 때처럼 어두움을 지나 빛을 보게 될 거라고 생각했다. 또 힘들어하는 친구의 모습에서 예전의 내 모습을 떠올리고 도와주면서, 나도 누군가에게 도움을 줄 수 있다는 걸 알게 되었다. 언제나 보호와 도움을 받기만 하는 내가 아니라 다른 사람에게 도움을 줄 수 있다는 것이 나를 즐겁게 하였다.

그리고 무엇이나 마음을 단단히 먹고 시작하면 성공할 수 있다는 것도 배웠다. 전에는 나 자신을 믿지 못했고 두려워했기 때문에 쉽게 포기하고 자주 다쳤던 것 같다. 죽기 살기로 하면 안 될 것이 없는 것 같다. 하이킹 중반 쯤, 중도에 포기할지도 모른다고 생각하셨던 선생님께서 나를 보고 놀라셨을 땐 나도 할 수 있다는 자신감이 더 많이 생기는 것 같아 기분이 좋았다.

서울에서 출발하여 목포까지 그리고 제주도를 돌아 다시 완도에서 남해안 도로를 거쳐 경주에 왔을 때 응원 와 주신 부모님과 선생님을 만나자 참았던 눈물이 쏟아졌다. 뭐라 설명할 수 없는 감정과 눈물은 생전 처음 경험한 일이었다. 그날 부모님들과 함께 먹었던 푸짐한 고기와 따뜻한 밥 그리고 흥분된 기분은 아직도 잊을 수가 없다.

저녁 식사 후엔 씻고 너무 피곤해서 기절하듯 잠을 잤지만 매일 바뀌는 잠자리에 들 때마다 엄마가 해 주시는 따뜻한 밥과 가족들이 있는 집의 따뜻한 잠자리가 그리웠다.

매일 밤 그날 있었던 일들을 정리하는 일지를 쓰고 그 옆에 지도에 우리가 지나온 길을 표시하는데, 내가 정말 이만큼 왔나 믿겨지지 않았다.

날이 갈수록 돌덩이처럼 탄탄해지는 허벅지를 보며 내가 참 큰일을 해내고 있다는 생각을 했고, 조금씩 가까워지는 집과 가족의 품을 그리며 끝까지 이를 악물고 참았다.

그렇게 내가 바라던 대로 한명의 낙오자 없이, 한명의 포기하는 애들 없이 모두 완주했다.

우리가 수련관에 도착 했을 때 생각보다 많은 사람들이 우리를 환영해주고 있었다.

완주했을 때 그 뿌듯함은 나에게는 엄청난 감격이고 감동이고 내 자신과 싸움에서 이겨낸 기쁨이고… 도무지 표현할 수가 없다. 이건 직접 느낀 자들만이 알 수 있다.

정말 내 인생에 있어서 잊지 못할 소중한 경험인 것 같다.

내가 좋아하는 바다를 보며 달렸던 해변도로, 우리의 자전거 하이킹을 응원해 주던 사람들과 경적으로 기운을 주던 차들, 그 힘든 길을 함께 달리며 서로 살피고 도와주던 친구들과 선생님, 그리고 나와 우리를 위해 언제나 몸과 마음으로 지지하고 지원해 주신 부모님과 가족들이 아니었으면 전국일주는 꿈도 꿀 수 없었을 거다.

하이킹을 끝내고 서서 걸을 때도 자전거를 타고 있는 느낌이 들었다. 하도 오래 자전거를 타니 생긴 환상인 것 같다. 그 힘든 일을 다시 하라면 절대 못할 것이다. 하지만 내 인생에서 자전거 전국일주는 내 힘으로 이룬 첫 성공이어서 나의 큰 자랑거리이다.

한 달 동안 경험했던 소중한 배움을 어려운 일이 생길 때마다 떠올리고 배울 것이다.

2011년 11월. 전국일주 자전거 하이킹 중.

슬로슬로 퀵퀵(slow slow quick quick)

혼신의 힘을 다한 자전거 전국 일주 하이킹을 무사히 마치고 훈장 같은 말벅지를 자랑하던 아이가, 지금은 원인을 알 수 없다는 말초신경 마비증세로 어려움을 겪고 있다.

살과 근육은 언제부턴가 서서히 줄어, 작아서 넣어둔 바지도 헐렁하게 되었고 머리를 감으면 안 그래도 숱이 적은 머리카락이 한 주먹씩 빠졌다. 팔은 어깨 위로 올라가지도 않았고 손에는 힘이 없어 컵도 곧잘 떨어뜨렸다.

자신도 모르게 서서히 진행된 마비는 그나마 정상적이던 엄지손가락이 펴지지 않을 정도가 되어서야 알아챌 수 있었다. 심하게 틀어진 골반 때문에 다리 길이는 서로 달랐고, 몸속 장기는 제 위치를 조금씩 벗어나 기능이 불완전했으며 또 그로 인해 척추와 어깨, 다리까지 몸 전체가 균형을 잃어 어느 한 부분도 손을 쓰지 않을 수가 없었다.

외관과 내부, 순환과 흐름의 총체적 난국이었다.

당연히 전보다 몸놀림이 어눌하고 느려졌으며, 팔과 다리도 힘과 균형을 잃어 툭하면 넘어지고 자빠져, 부러지고 터지고 찢어지고 멍들기 일쑤였다.

한 달에 한 번꼴로 병원 응급실을 찾는 형편이 되었다. 한동안 뜸했던 병원 출입을 몰아서 하는 것 같았다.

한때 취미 삼아 시작했던 비즈공예로 지도자 자격증까지 취득했던 아이의 손은, 구슬은커녕 사과도 똑바로 들기 어려워졌고, 뛰지는 못해도 천천히 걸을 수 있던 다리는 힘과 균형을 잃어 최소한의 보행과 안전을 위한 주의 깊은 보호가 요구되었다.

고진감래(苦盡甘來)인 줄 알았는데 설상가상(雪上加霜)이었다.

전문적으로 세분화된 첨단 의학은 다양한 검사로도 진단 불가라며, 원인을 찾을 때까지 온갖 검사를 다시 해보자 권했지만 인체 부위별로 전문화된 분야의 서로 다른 전문가들에게 몸을 맡긴다면 매일 종합병원의 이곳저곳을 두루 거쳐도 모자랄 지경이었고 평생을 병원에서 살아도 고치기 어려울 것만 같았다.

어려서부터 성형외과, 정형외과를 두루 다니며 손과 발을 치료하고 수술을 받았지만 누구도 아이의 순환과 대사를 문제 삼지는 않았다. 골반과 척추가 틀어져 어려움을 겪고 물리치료를 받는 동안 그로 인한 장기의 비정상적 기능이나 불완전한 혈류에 대해 관심을 기울이지 않는 사이, 신체의 세부기능은 점차 상실되어 급기야 총체적 어려움을 만나게 된 것이었다.

의학과 과학의 발전은 세분화된 전문 분야에서 성과를 높여가고 있지만 전체를 조망하고 파악하는 안목과 그 중심에는 생각과 감정과 경험과 습관의 종합체인 '사람'이 있다는, 인간 이해의 기본을 잊어가는 것처럼 보였다. 부분이 아니라 전체, 분절이 아니라 통합의 거시적이고 통시적 관점을 놓치고 있음이 분명했다. 내가 그토록 맹신했던, 발전된 의학과 과학의 헛헛한 뒷모습이었다.

다행히 아이는 현재 몸 전체의 상태와 증상의 근원을 파악하여 본래의 건강을 되찾으려는 치료를 받고 있다.

건강을 회복하려는 의지에서 비롯되는 생활 태도와 습관의 변화를 토대로, 증상의 뿌리를 찾아 상태를 치료하고 치유하면서, 마음과 생각까지 바르고 긍정적으로 만들어주는, 전인격적이고 종합적인 치유 방법이다.

외양과 겉모습의 치료에 몰두한 나머지, 내부에서 일어나는 보이지 않는 신체의 어려움과 변화가 이런 극단의 어려움을 불러올 줄은 꿈에도 몰랐다.

조금 더 일찍 대체의학을 만났더라면 첨단의학의 전문화된 수술의 부분적인 치료와 함께 전체적인 치유로, 몸과 마음의 온전한 건강을 더 빨리 찾았을지 모른다.

우리가 아무렇지 않게 앉고 서고 잡고 걷는 것이 얼마나 조화롭고 통일된 몸의 일치와 순환 속에서 이루어지는 것인가를 생각하며 '평범한 일상이 기적'이라는 말에 새삼 고개를 끄덕이게 된다.

호불호에 상관없이 나는 다시 아이의 손과 발이 되어야 했다. 아이가 태어났을 때 했던 끔찍한 상상들이 반쯤 현실이 된 것 같다. 머리도 감기고 몸도 씻기고 단추도 채워주고 병뚜껑도 열어주고 반찬도 집어주는 등의, 미세한 손놀림이나 힘이 필요한 일상과 느리고 위태로운 걸음과 행동을 언제나 살피고 어디서나 도와야 한다. 지켜 주지 않으면, 또 언제 어디서 넘어져 이마가 찢어지고 코뼈와 이가 부러져 응급실 한 자리를 차지하고 있을지 모른다.

스물세 살 큰 애기를 어린 아이 돌보듯 살피고 챙겨 주는 것은, 어렵사리 자전거 전국일주를 했던 불과 몇 해 전, 아니 일 년 전만 해도 상상할 수 없는 일이었지만 이제는 전과 같은 우울과 좌절에 빠지지 않는다. 낙담과 좌절은 상황을 호전시키지도 않으면서 내 희망과 기운까지 앗아간다는 걸 누구보다 잘 알게 된 까닭이다.

만병통치약 웃음으로 무거운 것도 가볍게, 두려운 것도 대범하게 받아들이기로 했다. 살아 있다는 건 조금 더 나은 내일을 희망한다는 말의 또 다른 표현일 것이다.

아이의 장애 때문에 시작된 인생 2막 여정은 예기치 않은 만남과 헤어짐, 악조건과 한계를 넘어서려는 과정을 통해 사물의 표면과 이면, 내면과 의미를 두루 살피는 태도와 생각들로 나를 이끌어주었다.

알고는 못 갔을 그 길로 아이를 따라가면서 깨닫고 터득할 수 있었던 배움이 너무 커서, 살아 있다는 가슴 벅찬 사실만으로도 담담하게 아이를 보살펴 줄 수 있을 것 같다. 비싼 수업료를 치르고 가는 이 배움이 언제 끝날지 모르지만 정상과 완결의 끝만 바라보느라 과정에서의 희로애락을 놓치지는 않을 것이다. 거기에 내 경험과 연륜의 양념을 골고루 무쳐 맛깔 나는 삶의 성찬을 감사로 맞이하고 싶다.

삶이 고해(苦海)라 했던 석가모니처럼, 자기의 십자가를 지고 나를 따르라 했던 예수님처럼, 그 고통의 바다에서 풍랑을 헤쳐 희망의 뭍에 다다르는 용기와 투지 역시 살아 있는 사람만이 해낼 수 있는 일이 아니던가. 느린 아이와 빠른 내가 만나 중간을 이루니 중용의 도와 중화의 미학이 여기가 아니면 어디서 꽃 필

수 있을까.

세상의 중도와 균형을 위하여
너는 슬로슬로, 나는 퀵퀵.

비상(非常)한 비상(飛上)을 위하여

딱 한 번, 하늘을 나는 꿈을 꾼 적이 있다.

지구 위로 천천히 떠올라, 별과 별들이 밝히는 빛 사이, 광활한 어둠 속에서 날아오르는 꿈이었는데, 빛의 스펙트럼을 통하여 내려다 본 푸른 지구와 보석처럼 빛나는 별과 별들의 장엄한 광경은 말로 다 표현하기 어려운 경이로움 자체였다. 어린 나로서는 어떻게 해도 묘사할 수 없는 그날 그 꿈의 감동은 비밀로만 가슴 속에 고이 간직해 두었다.

미지의 세상과 명소를 여행하는 동안 곳곳에서 시선을 사로잡는 오랜 건축물과 감탄을 자아내는 자연의 풍광 앞에 숨이 멎곤 했지만 내 마음 깊이에 박혀 있는 꿈속 그 우주와는 비교도 할 수 없었다.

다시 한 번 꿈을 꿀 수 있다면, 광활한 우주를 날아 원래 내가 가려고 했던 궁극의 그곳에 꼭 가보고 싶었다.

비밀스레 간직된 영롱한 그 꿈을 까맣게 뒤덮은 아이의 첫 울음은 나를 저 우주에서 나락으로 단번에 끌어내렸고, 이후로는 우주로 비상했던 황홀했던 꿈이 단 한 번도 생각나지 않았다.

아이가 잡아끄는 것보다 몇 배 더 센 힘은 세상 위로 힘껏 날고자 했던 내 의지와 욕망의 날개뿐 아니라 꿈의 날개마저 꺾어버렸다. 세상이 주는 즐거움을 잊은 채 세상에서 살아가기 위해서는 날개를 접어야 했고 그런 건 필요도 없었다.

남들처럼 서서 걷고 달려야 할 아이에게는 부력이 아니라 중력이 필요했으며 아이 곁을 지켜야 할 나에게도 마찬가지였다.

발을 딛고 일어선 땅, 지구의 삶을 위해서는, 저 높은 하늘을 올려다보느라 한눈을 팔 수 없었고 중력을 거스를 수도 없었다.

잘 먹고 잘 살기 위해서는 세상의 지식과 인간의 지혜가 필요했지만 채울 수 없는 밑 빠진 독처럼 채우려 할수록 힘만 빠졌다. 일관성 없는 세상의 지식과 지혜는 저마다 다른 주장을 하며 사람들을 유혹했고, 어디서든 빠져나갈 여지를 두면서 실패의 가능성을 전제로 사람들을 자기편으로 끌어들였다. 각자의 주장은 언제나 옳고 타당했으며 실패는 항상 개인의 몫이었다.

인간의 지식과 지혜로는 누구도 삶과 죽음의 근본적인 질문에 대한 답을 찾을 수 없을 것만 같았고, 자기도 알지 못하는 말을 떠들며 자만에 빠지거나 철학의 미로에서 헤매다 허무와 우울로 끝장을 보는 것만 같았다. 희망의 이정표를 따라가다 절망의 낭떠러지 끝에 서고 마는 기분이었다.

아이의 장애에서 시작된 세상과의 사투 끝에도, 실망과 좌절은 언제나 깊은 그림자를 드리우곤 했다. 그때마다 내 꿈과 신념과 상상이 만든 욕망과 기대와 소망은 한낱 신기루에 불과하다는 것을 확인할 뿐이었고, 아이의 장애를 부여잡고 내가 왜 이런 끝도 없는 싸움을 계속해야 하는지도 알 수 없었다. 그렇게 절망의 바다을 칠 때마다 오뚝이처럼 발딱 나를 일으켜 세우는 믿을 수 없는 힘에 이끌려 오기 섞인 용기가 솟곤 했는데 그 힘과 에너지의 정체와 근원을 알기는 어려웠다.

다시 기도를 하게 된 것은 그즈음이었다.

더 이상 갈 곳도 없었다. 아이가 가지고 태어난 장애, 나의 자발적 노력과 좌절 그리고 내 삶의 의미와 나아갈 방향을 사람과 세상을 만드신 창조주 하나님은 알고 계실 것 같았다.

묻고 싶었다.

그리고 알고 싶었다.

내가 누구인지.

나는 왜 이렇게 살고 있는지.

어떻게 살아야 하는지.

이 길의 끝에는 무엇이 우리를 기다리는지.

사는 것과 죽는 것은 무엇을 의미하는지.

죽음 너머에는 무엇이 있는지.

그러는 사이에도 나는, 나와 아이의 세상과 만나고 싸우면서 분노하고 또 좌절했다. 살기 위해 죽어야 했고 알기 위해 비워야 했다.

내 강한 자아와 이기심, 탐욕과 야망을 죽이지 않으면 이들을 부추기는 세상의 회오리를 이겨낼 수 없으며 지식과 신념, 생각과 망상을 비워내지 않으면 하늘의 넓고 깊은 지혜를 바랄 수도 없을 것이었다. 가장 낮은 자세로 저 높은 곳을 바라보며 땅에서 얻지 못한 하늘의 지혜를 구하고 바랐다. 폭포수 같은 은혜가 아니라도 상관없었다. 밑도 끝도 없는 의문을 풀어 줄, 희미한 방향등이라도 감지덕지해야 할 처지였다.

상징과 암호 속에 감춰진 성경 속 하늘의 지혜를 말씀으로 듣고 배우면서 퍼즐 조각을 맞추어 가듯 땅과 하늘의 진리를 하나씩 알아갔다. 감겼던 눈이 뜨이고 막혔던 귀가 뚫리는 것처럼 조금씩 의문이 풀렸고, 메말랐던 영혼에는 생기가 도는 것 같았다. 내 안에 들어 있던 수많은 나를 내려놓으니, 세상과 하늘과 우주가 들어올 자리가 생겼다.

생명과 진리의 말씀은 나를 흔들어 깨워 태초부터 우주를 관통해 온 강한 에너지로 나를 일으켜 세워 주는 것 같았다. 그림자를 실재라 믿는 데서 시작하는 인간의 지혜로는 도저히 설명할 수 없는 절대 진리요 보배였다.

아이가 드리운 장애의 그림자에는 오랫동안 눈물과 함께 쏟아낸 한숨과 땀방울이 얼룩져 있었지만, 나를 산 사람으로 만들려는 하늘의 인내와 자비가 사이사이 스며 있었다. 아이의 장애는 아이와 내가 세상을 살아가는 데 시련을 주는 장애물이었지만, 하늘 문을 여는 나만의 마스터키이며, 나를 벗 삼으시려는 하나님의 편지요 메시지 그리고 사랑의 세레나데였다는 것을 알게 되었다.

내 경험과 신념, 철학과 가치관을 가지고는 갈 수 없는 곳으로 초대된 내가, 제일 먼저 해야 할 것은 자아와 욕망으로 얼룩진 세상의 겉옷을 빛의 날개옷으로 갈아입는 것이다. 나 혼자서는 절대 벗을 수 없어 옷을 갈아입혀 주려고 딸이 장애를 입고 내게 온 것이었다.

아이의 장애가 이 땅, 지구 삶의 한계를 가지는 것이라면 그건 중력의 한계, 인간 지혜의 한계이기도 할 것이다. 땅과 중력과 인간의 지혜로는, 세상이 주는 고통의 울타리에 갇혀 좌절을 되새김질하면서 평생 땅만 보고 살 것 같았다. 하늘의 지혜가 아니라면 우리의 삶을 운명 짓는 고통과 고해 속에서 영영 자유로울 수 없을 거라 생각했다.

희망을 잃을 때마다 '짠!'하고 나타나, 진짜 사람이 되려면 죽음을 뛰어넘는 용기와 사랑을 가져야 된다고 속삭여 주던 피노키오가 다시 떠올랐다. 그 용기와 사랑으로 진짜 사람이 된 목각 인형 피노키오는, 동화 속 주인공이 아니라 어린 시절 내게 화두를 던진, 인생의 무지갯빛 꼬마 스승이었다.

형언하기 어려운 아름다움과 경이로움은 꿈속 우주 공간에만 있는 것이 아니라 그림자를 넘어서는 실재를 향한 영혼의 비상(飛上)으로 경험할 수 있을지 모른다. 내 머리 위 푸른 하늘을 향한 수직 비상이 아니라 땅속 저 심연의 블랙홀을 통과한 무한 궁창을 향한 비상(非常)한 비상일 것이다. 아이의 장애는 중력보다 더 센 힘으로 나를 끌어 고난의 밑바닥을 뚫고 나와야 마침내 눈부신 날개로 변화될 것이다.

아이가 가지고 온 장애의 못난 포장지 안에는 우리가 함께 비상할 수 있는 금빛 찬란한 날개가 비밀히 들어 있었음을 이제야 알게 되었다.

아이와 내가 온전히 하나 되어야 날 수 있는 한 쌍의 날개는 아이의 장애를 내 삶에 오롯이 포용할 때 비로소, 화려하게 비행하고 비상할 것이다.

　나와 아이 사이의 거리와 간격이 고통과 시련의 마당이었다면, 완전한 하늘 지혜와 자유를 향한 금빛 비상을 위해, 한 치의 틈도 없이 온전한 하나가 되어야 하리라.

　땅의 그림자로는 볼 수도 찾을 수도 없는 진정한 자유와 온전한 삶의 원형을 찾아 누리기 위해 깊고 어두운 심연을 지나 저 푸른 하늘을 높이 날아야 하리라.

　어린 시절 꾸었던 꿈에서보다 더 높이 더 멀리.

에필로그

나와 같은 처지에 있는 사람을 위로하려고 쓰기 시작한 글이 나와 아이들을 먼저 위로하게 될 줄은 정말 몰랐다.

이 글을 쓰는 내내 상처를 안고 아직도 징징대는 무의식 속 어린 나를 만나 어루만져 주기도 했고, 당시에는 도저히 받아들일 수 없었던 억울한 일들을 돌아보며 상대방의 입장을 이해하게 되었다. 서운함을 품었던 가족과 주변 사람들과도 마음으로 너그럽게 화해할 수 있었다.

바빠서, 몰라서, 짐짓 무시해서 쌓아 둔 마음속 이야기들을 아이들과 함께 나눌 수 있었던 것도 이 글을 쓰면서 얻은 축복이었다. 내가 기억하는 그 일이 맞는지, 그때 아이들은 무슨 생각을 했는지 어떤 느낌이었는지, 저마다 가슴 깊이 감추어 둔 촉촉한 이야기들을 꺼내 몰랐던 서로의 마음을 이해하고 헤아려 보았다.

자리를 깔고 초대하지 않으면 이미 토라져 나올 생각이 없는 구멍 난 마음과 상처 난 이야기들은 때를 만나 세상 밖으로 나와 고개를 끄덕여 줄 만큼 여유가 생긴 서로의 마음에 박하향처럼 시원하게 스며들었다. 잘못과 오해를 진심으로 사과하고 따뜻하게 어루만져 주면서 서로의 소중함을 일깨웠던 귀한 시간이었다.

그 사이 세월호 사건이 일어났고 숱한 어린 생명이 못다 한 삶을 마쳤다. 삶을 전제로 과거를 돌아보고 희망을 얘기하려 했던 내게 누군가 거칠게 찬물을 뿌려댄 것 같았다. 어처구니없는 죽음과 억장 무너진 아비, 어미들 곁에서 부푼 희망과 도전하는 삶의 메시지를 전할 수는 없었다. 아무렇지 않게 하던 일을 계속하기가 어려웠다. 잊을 수도, 가만히 있을 수도 없었던 시간이 봄을 지나 여름 사이로 무덥게 흘렀다.

안타까운 숱한 죽음의 원인처럼 살아남은 자의 삶의 이유도 투명하고 정직하게 알아내고 밝히고 싶어 다시 기운을 차리고 용기를 내었다.

시작한 일이니 끝을 내고 싶었고 나를 위로해 준 글로 함께 위로 받고 싶었다.

아이는 졸업 후에도 선생님들의 도움으로 남은 몇 과목의 시험을 치러 고졸 검정고시를 패스하였고, 때맞춰 문을 연 복지관 카페에서 사회생활을 경험할 수 있는 일자리도 얻었다. 이 문을 통과하면 자동으로 다음 문이 열리는 것처럼 걱정할 틈도 없이 행운이 큰아이를 졸졸 따라다니는 것 같았다.

초년의 고생과 심신의 피로를 보상해 주기라도 하듯 모든 일이 예상 외로 수월하게 풀린다 싶을 때 말초신경 마비 증세가 나타났다. 걸음도 행동도 더 어눌하고 둔해졌으며 잦은 부상으로 일상생활에조차 자신감을 잃고 몸은 더 말라갔다.

호사다마라 했던가.

이번엔 그동안 나를 끈덕지게 쫓아다니던 불운의 스토커가 아이까지 덮친 모양이었다.

책을 구상하고 간간이 글을 쓰는 동안에도 그걸 핑계로 아이의 물리치료와 운동, 일상을 돌보는 일을 그만둘 수는 없었다. 게다가 일터에서 화상을 입거나 출근길 버스와 도로와 계단에서 넘어지고 다쳐 병원 응급실을 찾는 허다한 일로 아이와 나의 심신은 점점 더 고단하고 힘겨워졌다. 때맞춰 다른 색과 모양으로 찾아온 또 다른 시련의 시간이었다. 빛이 데려온 그림자까지도 품어야 완성되는 것이 우리의 삶이라면, 긴 어두움을 견뎌 빛을 보려는 인내와 용기가 필요한 것 같았다.

고난의 사이사이에도 기쁨은 찾아왔고, 시련과 나란히 희망이 문을 두드렸다.

균형을 잃고 넘어져 한 달 간격으로 코뼈가 두 번이나 부러지는 사고를 겪은 후 아이는 몸이 급격히 쇠약해져 휴식과 요양의 긴 겨울을 지냈다. 그동안 아이의 내면에서는 미래에 대한 희망에 찬 의지와 열정이 뜨겁게 타올랐다. 꿈을 이루기 위해 학업에 매진하여 건강을 위해 오히려 공부를 말려야 할 지경이 되었다.

아이에게서 솟아나는 밝고 환한 긍정의 에너지는 SNS를 통해서도 전해지는지, 이런저런 동아리와 공부모임에서도 빛을 발하고 있었고 몸이 쇠약해질수록 정신이 맑고 밝게 깨어나는 것 같았다.

아이의 뒷바라지로 지루한 일상을 벗지 못했던 나는 지난 해 어린 아이들이 장애를 긍정적으로 인식하게 하는 장애 인식 개선을 위한 어린이 인형극을 맡아 장애 복지 향상에 작은 힘을 보태며 보람과 활력을 되찾았다.

장애를 피하고 벗어내려 무던히 애를 썼던 내가 언제부턴가 장애와 함께 사는 일상을 즐기고 거기서 삶의 의미를 찾으며 행복해하고 있었다.

그토록 두려웠던 상상이 현실이 되어버린 지금 나는, 낙담과 좌절로 우울하지 않다. 돌아보고 찡그리고 한숨짓는 대신 무한 긍정의 아우라를 풍기는 딸아이와 함께 한 번 더 웃고 기도하고 내일을 희망한다.

아이의 휠체어를 밀며 따뜻한 봄볕 아래 산책을 할 때도, 아기처럼 몸을 씻기고 옷을 갈아입힐 때도, 좋아하는 반찬을 만들어 밥을 먹여 줄 때도, 힘들고 귀찮아 한 눈을 팔며 남들이 걷는 길을 부러워하지는 않는다. 그 동안 내가 걸어 온 삶이 나지막이 알려준 빛과 사랑과 소망의 길은 아이와 온전히 함께여야 한다고 속삭여 주기 때문이다.

삶의 군더더기를 다 벗어버린 이런 역설의 긍정과 희망의 아우라를 아이와 함께가 아니면 대체 어디서 경험할 수 있단 말인가.

이 글을 쓰는 과정에서처럼, 예기치 않은 사건과 만남과 시간들이 엮어주는 놀라운 일상들을 축복으로 여기면서, 내일 생길지 모를 만남과 새로운 이야기를 기대하며, 날마다 감사의 찬송과 희망의 기도로 아침을 맞으려 한다.

잊고 있던 '기본과 마음'은 그림자가 보여주는 외적인 상태가 아니라 사람과 삶에 대한 깊은 사랑과 하늘을 경외하고 감사할 줄 아는 실존의 빛, 그 중심에서 우러나 서로에게 생기를 주기 때문이다.

누가 알겠는가
호사다마가 전화위복을 거쳐 금상첨화가 되어줄지.

재윤이의 일기장에서

안녕하세요.

저는 현재 대안학교 한들에 재학 중이고 올해 부회장을 맡게 된 19살 유재윤이라고 합니다.

저는 선천적인 장애를 갖고 있습니다. 이 때문에 갓난아기 때부터 병원에 입원해서 수술을 여러 차례 하였다고 합니다. 어린 마음에 병원은 감옥, 나는 갇혀 있는 죄인으로 생각했던 것을 보면 어릴 적 병원생활은 저에게 큰 충격이었던 것 같습니다. 저는 무럭무럭 자라서 드디어 여느 아이들처럼 유치원으로 입학했습니다. 문제는 이때부터였습니다. 여러 사람들에게 따가운 시선을 받기 시작한 것입니다. 유치원 친구들이 "네 손가락이 왜 이래"라고 물어보면 어찌할 바를 모르다가 결국 울음을 터트리는 일이 많았고, 그래서 저는 친구들 사이에서 '손가락이 괴물같이 생긴

2011년 4월. 서울시 대안교육센터 에세이 발표 중.

울보'라고 놀림을 받아 많이 힘들었습니다. 유치원을 졸업하고 초등학교에 들어가면 더 이상 이런 상처를 받을 일 없겠지 하고 스스로를 위로했습니다. 그렇게 집 근처 초등학교에 입학하였는데 친구들의 놀림은 유치원 때보다 더 심해졌고, 심지어 학교 친구들 모두가 저를 따돌렸습니다. 학교에 다니는 것 자체가 고문이었습니다. 전 거의 매일 울면서 집에 들어왔습니다. 저희 부모님은 그런 저의 모습을 보면서 얼마나 더 마음고생이 심하셨을까 생각이 듭니다. 마음이 아파옵니다.

학교가 끝나고 집에 가는 버스 안에서 자주 인근 고등학교 학생들과 마주치게 됐는데 학생들은 모두 저를 피했고 저희들끼리 쑥덕거리곤 하였습니다. 특히 차가 막 흔들려서 제가 조금이라도 그 언니 오빠들한테 살짝이라도 다가가면 저랑 닿은 부분이 썩어버렸다면서, 기분이 상했다는 듯이 말해 억울하기도 하고 울고 싶었습니다.

저를 바라보는 세상의 시선은 여전히 삐딱했고 제가 그런 세상에 맞설 힘과 용기가 제겐 부족했었지만, 나를 사랑해주는 친구와 선생님들 사이에서 자신감이 생겨나기 시작했습니다. 예전에는 사람들이 나를 쳐다보는 시선을 의식하게 되고 어디론가 숨어버리고 싶었던 적이 많았는데 한들을 다니면서 나는 할 수 없을 거라 생각했던 것들을 경험하고 성취하면서 '나도 할 수 있다'라는 자신감을 얻게 되었습니다. 남들이 하나도 부러울 게 없게 되었습니다.

우연히 비즈공예를 접하게 되었는데 '내가 만약 이것을 한다면 잘 할 수 있을 것 같다'는 생각이 들어 제 열정을 쏟아 부을 정도로 열심히 하여 비즈공예지도사 자격증을 취득했습니다. 그 뒤로 엄청난 자신감이 생겼습니다. 왜냐하면 이렇게 불편한 내 손으로도 잘할 수 있는 걸 찾았다고 생각했기 때문입니다.

이제는 정말 내가 잘하는 게 뭐고, 나의 꿈이 무엇인지 알게 되어, 어떤 목표를 갖고 어떻게 살아가야 하는지 고민할 수 있게 되었습니다. 참 다행이라고 생각합니다. 지금 이 비즈공예 실력이 녹슬지 않도록 틈틈이 연습하고 대입검정고시에도 합격해서 대학교 디자인과에 들어가서 비즈공예 전문가가 되고 싶습니다.

가끔 텔레비전의 다큐멘터리를 보면 저보다 더 힘들게 살아가는 사람들이나 저와 비슷한 처지에 있는 사람들이 나오는데 저 또한 그런 사람들과 마찬가지로 견디기 힘든 시절이 있었기 때문에 누구보다도 그들의 마음을 잘 헤아리며 그런 사람들의 희망이나 꿈을 찾을 수 있게 도와주고 싶습니다. 제 꿈이 무엇인지 알 수 있도록 여러 선생님들과 부모님이 도와주시고 이끌어주셔서 너무 감사하고 행복했습니다.

이런 말씀을 드리고 마치고 싶습니다.

이 세상 모든 사람들이 자신과 똑같다고 상상해보세요. 그럼 세상이 따분하고 재미없겠죠? 여기 계신 모두가 다른 모습으로 생긴 데에는 다 그만한 이유가 있을 겁니다. 그리고 사람들은 누구나 자신 있게 보이고 싶은 게 있고 아무도 모르게 숨기고 싶은 것도 있을 거예요. 지금으로부터 5년 전, 제 모습을 되돌아보면 저도 아무도 모르게 제 손을 소매 속으로 숨기고 싶었습니다. 하지만 선생님의 가르침과 친구들의 응원 속에서 대안학교에 다니며 5년이 지난 지금 전 누구에게나 당당하게 제 자랑스러운 손을 보여줄 수 있습니다. 그래서 전 지금 행복합니다. 감사합니다.

한들학교 졸업 전 고졸검정고시를 앞두고(2012.1)

고 3, 수능 보고 대학 들어가야 한다는 고정관념. 대한민국이 좀 유별나게 학벌을 따지는 걸까? 그래…… . 나한테도 문제가 있는 것은 맞지…… . 공부를 잘 안 하는 것. 보통의 아이들이었으면, 만일 그랬다면 당연히 좋은 대학에 들어가서 입학한다 하고 있겠지. 하지만 나는 좀 달라. 공부하는 쪽은 나랑 맞지 않는 것 같아. 그래서 나는 다른 길로 가기로 했어. '내가 좋아하는 일을 하면서 돈 벌기' 누구든지 이렇게 살고 싶어 하지. 하지만 결코 쉽지 않은 일이지…… . 자신이 재능이 있어서 그 재능을 살려서 그걸 직업으로 하고 사는 것, 난 그렇게 살 거야! 주변에서 대학 안 가냐? 그런 말들 많이 하시는데 그런 말 들을 때마다 심리적으로 힘들다.

고졸 검정고시 며칠 전(2012.7)

재윤아.

공부하느라 힘들지? 네가 이루고 싶은 목표 그리고 꿈이 있잖아. 세상에 쉬운 일은 없는 거 알잖아. 열심히 해서 얼른 검정고시 패스하고 다음 목표를 향해 한 걸음 더 나아가야지. 힘든 거 알아. 그래도 너의 미래를 위해서 조금만 참고 힘내자. 자전거 하이킹 때 혜룡샘이 너 언덕에 다 올라왔을 때 쉬지 않고 바로 가셨던 거 생각해 봐. 지금 너한테도 채찍질해서 나아갈 시기인 것 같아. 대학 가고 싶어 했던 너잖아. 아직 늦지 않았어. 나이가 무슨 상관이야. 처음에는 속초도 포기했던 너였지만 대한민국 1% 안에 든다는 자전거 전국일주 하이킹도 완주 했잖아. 재윤아! 넌 할수 있어. 난 너를 믿는다. 재윤이의 힘을 보여줘!

꿈은 ★ 이루어진다.

어른이 된 나(2012.9)

어느 날 문득 거울을 봤는데 너무나도 커버린 내 모습을 보고 깜짝 놀랐다. 더 이상, 내 모습을 처음 본 사람들의 시선을 두려워하는 그런 어린아이가 아닌, 대학을 걱정하고 사회생활을 걱정하는 스무 살로 성큼 와 있는 것을 새삼 느꼈다. 아, 내가 정말 어른이 되어가고 있구나. 예전보다 더 많은 자유가 주어지고 그 뒤엔 책임이라는 것이 함께 따라온다는 것을 알게 되었다. 또 어릴

때부터 들던 이야기지만 "내 인생의 주인공은 나 자신"이라는 것
도 느끼며 살아가고 있다.

작년까지만 해도 내 인생에서 중요한 첫 번째는 친구였지만
이제는 나 자신이 첫 번째가 되었다. 내가 워낙 친구들을 좋아하
고 남 챙겨주기를 좋아하지만 이젠 생각이 바뀌었다. 아무리 내
가 그렇게 해도 남들이 그만큼 고맙게 생각하지도 않을뿐더러
남들이 아픈 것을 내가 대신 아파줄 수 있는 것도 아니라는 생각
이 들어서이다.

이제는 그런 어리석은 행동 따윈 하지 않는다. 우선 내 자신
을 먼저 챙기고 여유가 생기면 그때 다른 사람도 챙기는 그런 마
인드가 생겼다. 예전에 아니 1년 전만 해도 말로만 내 자신을 사
랑한다하고 다녔는데 이젠 진심으로 내 자신을 사랑할 줄 알게
되는 것 같다.

나의 단점 (2012.11)

내가 정말 고치고 싶은 버릇 중 하나는 '싫다', '아니다'라는
표현을 잘 못하는 것이다. 물론 상황에 따라 그런 표현을 하면 안
될 때가 있지만 해야 할 때 못하는 것이 문제다. 때론 냉정할 필
요가 있는데……. 내가 어릴 때부터 말로 받은 상처 때문인지 상
대방한테 상처 줄까봐 못하는 것 같다. 이런 말도 못하는 어리석
고 바보 같은 내가 한심하다.

스무 살의 다짐(2012.12)

20살이 됨과 동시에 나에게 갑자기 엄청난 변화가 일어날 거라는 기대를 했다. 하지만 여느 때와 다를 것 없는 평범한 하루하루였다. 단지 한 살 더 먹었다는 것 밖에는……

10대 때 바라보았던 20살은 멋있어 보였는데 보이는 것만이 다가 아니라는 사실을 깨닫게 되었고 자전거 하이킹 때처럼 천천히 가도 좋으니 목표까지 포기하지 말고 끝까지 완주한다는 마음으로 뭐든 해야겠다는 다짐을 했다. 내 자신에 대해 솔직해지고 자신을 진정 사랑할 줄 알게 되었다. 그리고 좀 더 철저한 자기관리가 필요하다는 것도 알았다.

학창시절에는 부모님이 책임져 주는 일이 많았지만 20살이 돼서부터는 자유와 본인의 책임이 많아진다. 그리고 선생님들과 카페 창업을 준비하면서 세상 사는 게 쉽지 않다는 것을 느꼈다.

모두가 힘들지만 살아야하기에 어떻게든 노력한다는 것은 절대 바뀌지 않는 진리인 것 같다. 또 가족이 얼마나 소중한 지도 알게 되었다. 시간은 절대 누군가를 위해 기다려 주지 않는다고 생각한다.

희망과 소망(2012.12)

한들 카페를 그만두고 세 달 넘게 집에서 치료를 받고 있다. 전보다 내 행동이 더 느려지고 움직임이 불안하여 혼자서의 외출은 꿈도 못 꾼다. 모든 행동이 조심스럽다. 또 넘어져 나와 식구들이 고생할까봐 겁난다.

손은 물론이고 팔도 마음대로 움직이기 어려워 옷을 입고 벗을 때도 엄마의 도움이 필요하다. 엄마한테도 미안하고 이런 내가 답답하다.

운동을 열심히 해서 빨리 건강을 되찾고 싶다.

방송통신대 입학 원서를 내고 나니 기분이 좋다. 집에서 방송으로 공부할 수 있으니 열심히 해서 장학금도 탈 거다.

사건 사고가 많았던 어두웠던 올해를 보내고 대학생으로 새 출발하는 내년이 시작된다고 생각하니 마음이 설렌다. 잘 할 수 있을지 걱정도 되지만 내가 선택한 길이니까 최선을 다해 해 볼 거다.

나는 잘 할 수 있다!

한들학교 졸업식에서 엄마의 축사(2012.2)

재윤아,

졸업을 축하한다.

유치원생 티를 못 벗고 초등학교에 입학하던 때가 엊그제 같기도 하고 아주 먼 옛날의 추억 같기도 하다.

몸이 불편한 네가 행여 친구들의 놀림으로 학교 다니는 것이 힘들까봐 초등학교 입학 전부터 노심초사했던 터라, 매일 아침 학교로 향하는 네 작은 뒷모습을 보며 걱정과 불안으로 힘들어하던 때가 있었지.

대안학교라는 말조차 생소하던 10여년 전, 우려했던 일들로 힘들었던 공교육에서의 학교생활을 접고, 다른 형태의 학교에 합류하게 되었지. 힘들게 장만했던 내 집에 몇 달 살아보지 못하고 학교 때문에 이사를 가야했을 땐, 어떻게 해도 피할 수 없을 것만 같은 가시밭길을 예감하며 엄마는 남몰래 눈물도 참 많이 흘렸단다.

그런데 뭐 내 집이 대수겠니? 네가 좀 더 자유롭게 배움의 길을 갈 수 있다면 이사 아니라 이민이라도 가겠다고 마음먹었었기 때문에 마음을 다잡고 씩씩하게, 정함이 없는 나그네 같은 길을 떠날 수 있었을 거야.

대안학교 역사의 주인공이 되어 이런저런 우여곡절을 겪은 후 한들학교에 들어왔을 땐, 다른 어떤 대안학교보다 번듯하게 갖추어진 시설과 주변환경 그리고 아이들에 대한 열정과 사랑으로 한 마음이 되어 모이신 선생님들을 보며 마음이 놓였었다.

한들에 입학하기 전 1년 동안 홈스쿨링을 하면서 너는 중등 검정고시도 치뤘고 비즈공예 자격증도 취득하고 수영도 선수급으로 실력을 향상시킬 수 있었지만, 친구 좋아하고 사람 좋아하는 네가 또래 친구들이 있는 한들에 입학하게 된 것을 얼마나 좋아하던지, 얼굴에 번지던 그 함박웃음을 아직도 잊을 수가 없구나. 왕복 세 시간이 걸리는 만만찮은 거리도 불평 없이 다니면서 아침엔 누가 학교가지 말라고 붙잡기라고 하는 양, 꽁무니를 빼고 달아나듯 학교로 향했었지.

선생님 복이 유난히 많아 한들에서도 선생님들의 따뜻한 사랑과 관심을 받으며 학교를 다닐 수 있어 엄마도 더불어 행복했었다. 열정이라면 남부럽지 않은 네가 번번이 신체적 어려움 때문에 마음먹은 대로 하지 못할 때나, 멋진 목표를 정해놓고도, 마음을 잡아끄는 세상적인 즐거움을 뿌리치지 못하고 머뭇거리면서 스스로를 탓하는 모습을 볼 때 ,엄마 아빠도 너만큼, 아니 너보다 훨씬 더 속이 상하고 안타까웠단다.

올해로 네 나이 스무 살, 선거도 하고 화장도 하고 19금 영화도 보고, 아빠 술 심부름도 할 수 있는 어른이 되었지. 하지만 어른이 된다는 것은 자기 일에 책임을 진다는 것이고 지금껏 했던 것보다 훨씬 더 많은 일들을 스스로 해야 한다는 버거운 말이기도 하단다.

자전거 전국일주를 하면서 가졌을 수만 가지 생각과 사무쳤던 감정들을 이제는 가슴과 머리에 추슬러 담고, 그 값진 인내와 해내고 말겠다는 오기와 뿌듯한 성취감을, 네가 앞으로 가고자 하는 인생길에서 수없이 맛보게 되었으면 한다.

땀과 눈물 속에서 얻어낸 그 소중한 깨우침이 네 삶의 곳곳에서 알곡으로 결실되기를 바라는 것이 선생님들과 엄마 아빠의 마음 속 바람이라는 것을 다시 말하지 않아도 이제 잘 알거야.

멋진 꿈을 향해 너만의 색깔로 네 걸음으로 뚜벅뚜벅 걸어가렴. 늘 기도하면서……

2012년 2월 8일 스무 살이 된 재윤이의 졸업을 축하하며……

2015년 3월. 엄마와 동네를 산책하며.

제언 1 : 장애행복종합지원센터 (가칭)

장애아를 낳고 개인적으로 치료와 수술을 거치느라 정신없는 시간을 보냈다. 아이가 장애 등급을 받거나 그로 인한 국가의 혜택을 받을 수 있다는 것은 생각할 겨를도 없었고, 누구도 제대로 된 정보를 주거나 안내를 해 주지도 않았다. 게다가 장애아를 낳은 부모로서 받은 충격과 스트레스를 풀어 볼 여지도 없이 급물살 같은 시간에 쫓겼는데, 지금 와 생각하면 이런 일련의 과정이 나와 우리 가족에만 해당되는 일은 아닐 것 같아 안타깝고 아쉽기만 하다.

지금은 장애인 복지관이나 지원센터가 전국 곳곳에 있어, 장애우와 그 가족을 돕는 다양한 활동을 하고, 또 국가에서도 전보다 훨씬 세세한 부분까지 장애인을 돕는 제도를 시행하고 있다.

권장하고 장려할 만한 일임에는 틀림이 없지만, 오랜 시간 장애아를 키우면서 아쉽고 답답했던 점은 그런 혜택이 어디서 어떻게 이루어지는지 개인이 다 찾아보아야 한다는 것이었고, 어떤 도움이 어느 시점에 가장 필요한 것인지 모르는 채 정신적, 물질적 손실을 감당해야 했다는 것이다.

　장애아나 장애가 의심되는 아이가 태어나면 정부나 시에서 관리하는 가칭 장애행복종합지원센터—종합병원과 장애인종합 네트워크시스템을 겸한 종합 장애복지 관리센터—에서 장애 여부를 확인하고, 그 아이의 장애에 대해 지원해 주는 사항이 무엇인지, 어느 지역 어느 단체의 어떤 프로그램으로 어떤 도움을 받을 수 있는지, 해당 장애의 의료 전문의는 누구인지 등등 장애와 관련한 전반적인 정보와 치료, 치유를 안내해 주고 지원해 주는 시스템을 갖출 것을 제안한다.

　선천적 사지 기형 장애였던 내 아이의 경우, 당연히 개인적으로 정형외과와 성형외과에서 진료를 받고 수술을 여러 차례 받았다. 그러나 손과 발을 자유롭게 사용하지 못하고 수술로 인한 전신마취의 후유증이 가져올 수 있는 학습 지체나 정신 지체 그리고 전반적 신체 발달 지체 등 하나의 장애가 가져올 수 있는 다른 장애도 예측하여, 전문가의 안내에 따라 때에 맞게 검사하고 확인할 수 있었다면, 원인을 알 수 없어 고민하면서도 해결하지 못해 답답했던 시간을 갖지는 않았을 것이다.

경우에 따라 교육, 물리치료, 약물치료, 심리치료 등 다양한 치료나 예방이 필요할 것이고 이를 센터에서 시행, 지원하거나 전문 병원이나 지역 장애인 복지관을 연결해 주는 네크워크 역할을 해 준다면 장애우와 그 가족들에게는 큰 도움이 될 것이다.

대부분의 경우 하나의 장애는 다른 하나, 그 이상의 장애를 수반하게 되는데 이는 우리의 신체가 부분 부분으로 단절되어 있지 않은 까닭이다. 의학, 심리학, 사회학 등 다방면에서 장애의 연구가 활발히 이루어진다면 복합 장애로 인한 어려움을 예비하고 대비할 수 있을 것이다.

또 장애아의 출생으로 인한 가족들의 심리적 쇼크를 완화하고 앞으로의 안정과 가족 전체의 행복을 위해 가족 심리 상담을 안내하고 지원해 주는 것도 필요하다고 생각한다. 나의 경우 아이로 인한 쇼크가 나 자신뿐 아니라 아이의 치유에도 부정적 영향을 주었는데, 장애 복지는 장애인 본인에게만 해당되는 것이 아니라 그 가족의 치유와 안정까지 확대되어야 진정한 복지가 아닐까 싶다.

가족의 심리적 쇼크와 불안, 두려움이 해소되지 않거나 건강하게 해결되지 않은 경우 또 다른 문제가 생기거나 죽음이라는 최악의 상황까지 치닫게 되기도 한다. 형이나 동생의 장애를 감당해야 하는 형제나, 장애의 뒷바라지로 인한 스트레스를 풀지 못하는 보호자의 건강과 심리 치유는 장애인 복지에서 반드시 고려되어야 할 사항일 것이다.

장애의 정도에 따라 거기에 맞는 혜택과 배려를 하려는 목적에서 시행되는 장애등급제도도 일정 기간을 두어 검사하고 갱신할 수 있는 안내, 진료 시스템이 필요하다.

사지 기형으로 태어나 5세 무렵 지체 장애 4급을 받은 아이는 20세가 넘을 때까지 재심사를 받지 않았는데, 점점 신체의 상태가 나빠져 보행에 큰 어려움을 겪고 있어, 재심사를 통해 지금보다 더 나은 혜택과 배려를 받아야 하는 등급으로 갱신해야 한다.

출생 시보다 장애의 정도가 더 악화되거나 불의의 사고를 당해 상태가 나빠지는 경우처럼, 일정 기간을 두고 꾸준히 재검사를 해 봐야 악화 여부나 장애의 진행 상황을 알 수 있다면 장애우로 하여금 재검사를 받도록 안내하고 공지하여, 물리치료나 약물 치료 등을 받도록 해야 하며, 전보다 악화되어 전문적인 수술이나 치료가 필요한 경우라면 전문 병원을 안내해 주어 적절한 치료를 받도록 하는 것이 장애인 복지에 꼭 필요한 일이다. 사실 장애우와 가족들은 현재의 장애 상태만으로도 일상이 벅차고 힘에 겨운 경우가 많아 적절한 시점을 놓쳐 병을 키우기도 하기 때문이다.

우리 아이처럼 처음보다 상태가 악화되고 후천적으로 다른 장애나 어려움이 생기기도 하지만, 전보다 상태가 나아지거나 증세가 약화되는 경우도 있어 일반인이 건강 검진을 하는 것처럼 심신의 변화와 증상을 확인하는 장애 검진 시스템이 하루 빨리 시행되기를 바란다.

또 개인이 진료를 받은 병원에서 발행한 장애 등급 검진 서류를 주민센터에 제출하고 다시 국민연금관리공단의 서류 심사를 거쳐야 장애 등급을 받게 되는 불편하고 번거로운 현 시스템이, 종합 지원 센터의 일괄 시스템의 지원을 통해 한곳에서 진행되고 시행 된다면, 몸이 불편한 장애우와 그 가족의 일상과 활동에도 큰 도움이 될 것이다.

종합 지원 센터에서 현재 각 지역마다 흩어져 있는 장애인 지원 센터의 필요한 도움을 받도록 연결해 주고, 일상과 활동, 교육과 직업까지 연결되도록 지역 센터의 네트워크를 안내하고 관리해 주면 개개인이 때를 놓쳐 건강을 잃고 성장의 기회를 잃는 일은 없을 것이다. 물론 지금도 개인의 의지만 있으면 인터넷을 통해 연결하고 도움을 받을 수는 있겠지만, 각 단체와 지역 센터의 특징과 역할을 전체적으로 파악하고 가까운 곳에서 필요한 도움을 받도록 안내해 주는 본부로서의 종합 지원 센터가 장애우와 그 가족에게는 절실한 시점이다.

또 학교나 사회에서 장애우에 대한 바른 인식을 갖도록 수업이나 대중매체를 통해 장애우를 돕거나 이해할 수 있는 내용을 가르치기를 제안한다. 함께 살아가며 도우려는 마음이 정확한 이해와 인식을 만나야 적절한 배려와 도움으로 표현될 것이다.

장애우의 학업과 학교생활을 돕기 위해 한 학기에 한 번이라도 특수교사와 장애우의 부모 그리고 심리 상담가와 의사로 구성된 장애우 성장 협의회(가칭)가 마련되어, 각자의 어려움을 나누고 더 나은 방법을 모색하면서 장애우들이 더 자유롭게 배우고 성장하도록 도울 수 있다면 금상첨화일 것이다.

종합 지원 센터에서는 일선 학교에서 요청하는 장애우 지도와 전문가 지원 요청을 수렴하여 그들을 연결하고 돕는 역할을 해 준다면 장애우들의 긍정적 성장과 발달을 도울 수 있을 것이다.

장애우에 대한 우리 국민의 의식 수준은 아직도 낮고, 국민, 시민으로서 장애우가 누려야 할 권리는 절반도 못 누리는 형편이다. 의식과 제도가 점차 향상되고는 있지만, 산발적이고 개인적인 노력에 의해서 받는 혜택과 배려는 한계가 있다. 몰라서 못받고 돈이 없어서 못 받는 형식적 지원이 아니라 장애우와 가족들의 눈높이에 맞추어 안내하고 지원하는 시스템이 하루빨리 갖추어지길 희망한다.

장애로 인한 어려움이나 궁금증이 있을 때, 가족들이 힘들어할 때, 제일 먼저 찾아가 적절한 안내를 받고 해결할 수 있는 '장애 행복 종합 지원 센터'. 상상만 해도 참 든든하고 신뢰가 가는 복지제도일 것이다.

장애는 형태와 상태가 참으로 다양하고 개개인이 처한 현실과 경우도 제각각이지만, 인간다운 삶을 살기 위한 사회적 배려와 지원을 바탕으로 각자의 행복을 추구한다는 점에서 다수의 비장애인들과 다르지 않다. 다만 이들은 현재 일상이 불편할 따름이다. 제도의 지원과 관심, 개인의 호의와 배려는 장애우의 삶을 더욱 윤기 있게 만들어 줄 것이다.

장애인은 딴 나라, 별세계의 외계인이 아니라 나와 우리의 평범한 이웃이다.

역지사지(易地思之).

장애우를 만나도 예외가 될 수 없다.

우리는 모두 예비 장애우니까.

제언 2 : 건강한 장애 통합 교육을 위하여

장애 통합 교육은 장애우와 비 장애우가 함께 배우고 성장하는 교육 시스템을 말한다. 우리 사회가 다양한 사람들로 구성되어 있으니 아주 특별한 경우가 아니면 함께 배우고 더불어 사는 건 지극히 당연한 일이다. 그러기 위해 먼저 유치원과 학교에서, 장애우의 어려움과 처지를 이해하고 도우면서, 함께 배우고 성장할 수 있도록 가르쳐야 한다.

장애 통합 교육을 지향하는 우리는 과연 장애우가 배움의 한 울타리에서 어려움 없이 생활하고 함께 배울 수 있는 환경과 여건을 조성하거나 장애를 이해하고 함께 성장하려는 노력을 하고 있는가. 공동체 정신, 더불어 사는 삶을 추구한다며, 준비도 없이 가치나 관념으로만 수용하는 허울 좋은 겉치레는 아닌가.

편견과 오해, 인식과 입장의 차이 그리고 개개인이 가진 장애의 특수성과 그에 따른 물적 지원, 이해와 배려 등, 장애 통합 교육은 이렇게 아주 구체적이고 세세한 현실과 상황에서 이루어져야 하기 때문에 꿈과 이상만 가지고는 어려움과 한계에 부딪히게 된다.

사랑과 배려에서 시작된 행위가 오히려 상대방에게 압박과 폭력이 된다면 그것을 옳다고만 해야 할까. 장애 통합 교육이 이루려는 이상과 목적을 위해서는 눈높이에 맞는 현실적 관심과 적절한 내·외적 지원과 배려가 지속되어야 하고 장애, 비장애 상호간 꾸준한 소통이 필요한 것 같다.

그러면 장애 통합 교육을 건강하게 풀어가기 위해 우리는 어떻게 해야 하는가?

아는 만큼 보인다

대개 신체적 장애는 심리적 장애와 학습 장애를 동반하거나 또 다른 신체적 장애를 부르기도 한다. 부정적이고 배타적인 시선, 능력 부족으로 인한 열등감과 콤플렉스, 다양한 경험 부족과 치료나 수술로 인한 약물 사용의 후유증이 가져오는 학습 지체 등, 하나의 장애는 하나 이상의 또 다른 장애를 불러 오기 쉽다.

또 눈으로 확인되는 신체장애보다 치유되지 않은 마음의 장애로 사회적 관계나 생활에서 어려움을 겪는 사례도 부지기수다. 장애의 형태와 상태, 종류는 참으로 다양하고 유사한 장애라도 그 스펙트럼은 매우 광범위하기 때문에 사람들을 단지 외적인 기준으로 장애와 비장애로 나누는 것 자체가 무의미한 것인지 모른다.

교실에 신체적 장애를 가진 아이가 함께 한다고 할 때, 그 아이의 장애에 대해 알아보고 어떤 도움이 정말 필요한지 미리 살피고 준비하는 교사와, 아이의 상태를 온전히 파악하여 아이에게 필요한 관심과 적절한 도움이 무엇인지 교사에게 정확하게 알려줄 수 있는 부모는 몇이나 될까.

장애를 가진 아이는 장애 때문에 어려움을 겪는 특별하고 별다른 존재가 아니라 본능과 욕구와 꿈을 가지고 스스로 원하는 삶을 살고 싶은 보통의 장삼이사이다. 사람마다 가치와 이상과 능력과 상황이 다르듯이 장애우도 이렇게 다양한 사람과 삶의 모습을 가진 사람 중 하나이다. 저마다 장단점과 능력이 다르고 자기만의 한계가 있듯이 장애우 역시 마찬가지다. 다만 어떤 면에서 남들보다 조금 더 어려움을 겪고 그 어려움을 극복하기 위해 더 많은 노력을 해야 한다는 점이 다를 뿐이다. 내 아이처럼 손을 제대로 사용하지 못하면 기계나 다른 이의 도움을 받아서 해결할 수 있고 걸음걸이가 어려우면 다른 대체 수단을 이용하거나 잘 걷기 위해 운동이나 남다른 노력을 기울여 해결하면 된다. 손과 발이 부자유하다고 본능과 욕구와 꿈이 없는 것이 아니라, 누구보다 강한 본능과 삶의 의지가 솟구치고 세상에 펼치고 싶은 꿈과 희망이 가슴에서 넘실댄다.

장애우 본인이 그 어려움에 낙담하지 않고 자신의 장단점을 받아들이고 꿈을 키워 나가도록 곁에서 격려하고 도와주는 것이 부모와 이웃의 몫일 것이다. 그러기 위해선 부모가 먼저 장애에 대한 부정적인 생각을 버리고 아이의 든든한 버팀목이 되어야 한다. 전문가나 다른 여러 도움을 찾아 부모 스스로의 우울과 좌절감을 극복하여, 긍정적이고 건강한 몸과 마음을 가지도록 해야 한다. 그래야 아이와 장애와 그가 가진 모든 것을 온전히 받아들일 수 있다.

또 아이의 상태와 변화를 아주 자세히 관찰하는 매의 눈과 큰 틀에서 아이의 장애를 바라볼 수 있는 시각을 가져야 한다. 상태는 변화를 예측하게 하고 변화는 또 다른 상태를 보여주기 때문이다. 힘들거나 어렵다고 느끼는 내용도 성장과 변화에 따라 다르기 때문에 적절한 배려와 도움을 위해서는 먼저 잘 관찰하고 정확히 알아야 한다.

현재 아이의 신체적 어려움이 다른 부분에 어떤 영향을 주는지, 일상생활에 지장이 없는 치료가 언제, 어느 수준까지 가능한지, 학습 수준과 능력은 어느 정도인지, 가고자 하는 학교에서 적응하고 학습할 수 있는지, 학교에서 성취하려는 내용이 무엇인지, 어떤 과목을 가장 좋아하고 또 어려워하는지, 어떤 경우에 힘들어 하고 어떨 때 편안해 하는지, 어려움에 처할 때 어떤 도움이 필요한지, 주로 무엇에 관심과 흥미를 보이는지, 자기의 어려움을 이겨내기 위해 스스로 어떤 노력을 하는지, 어떤 삶을 살고자 하는지, 꿈은 무엇인지 등.

대개 부모들은 자기 자식을 잘 안다고 생각하지만 의외로 남들 다 아는 습관조차 인식하지 못하는 경우가 많다. 장애 유무를 떠나서 아이를 자세히 관찰하는 것은 아이의 온전하고 건강한 성장을 바라는 모든 부모에게 꼭 필요한 일일 것이다.

아는 만큼 보이고 알아야 면장을 한다. 장애우를 이해하고 적절히 도우려면 정확하고 세세하게 알아야 한다.

소통이 힘이다

사람은 기대와 희망을 가지고 오늘을 살고 내일을 꿈꾼다. 사람을 만나고 좋은 학교와 직장을 찾는 것도 행복을 위한 시도이고 희망을 이루려는 노력이다. 그러나 냉정하게 말해 내 욕망을 채워주기 위해 준비된 곳은 세상 어디에도 없다. 내가 거기서 성취감을 맛보고 성장하기 위해서는 끊임없이 노력하고 소통해야 한다.

장애 통합 교육이라니 마음 놓고 아이를 맡겨도 좋겠다거나 관심과 배려는 기본이니 다른 곳에서 받는 차별은 없을 것이라고 믿어서는 안 된다. 우리는 늘 좋은 것을 꿈꾸지만 서로의 입장이 다른 사람들과 척박한 현실은 장애우에게만 호의적으로 움직여 주는 것은 아니다. 사람들은 너나없이 자기를 중심으로 세상을 보기 때문이다.

아이의 상태는 일반적이지 않고 교사와 친구들은 아이가 처한 어려움과 상황을 잘 모른다. 물론 겉으로는 양보와 배려를 받을 수 있지만 사람이 어디 배만 부르면 행복하고 옷만 잘 입으면 만족하고 살 수 있는 존재인가.

이해 받고 이해하며 서로 마음을 나누는 따뜻한 관계 속에서 살아갈 때 소속감과 자존감을 느끼고 삶의 의미를 찾는 존재이기 때문에, 남들이 알 수 없는 상황과 상태에 대해 마음을 열고 소통해야 아이의 어려움에 공감하고 배려하며 진정으로 마음을 나눌 수 있게 된다.

대개는 장애우를 배려하고 양보하지 않아서가 아니라 마음을 나누는 소통이 어려워 힘든 상황을 만나게 된다.

사람들은 독특한 외모나 특이한 사람들에게 쉽게 다가가려하지 않는다. 물론 자신의 관심 분야나 호감의 정도에 따라 다를 수 있지만 비슷한 사람들 속에서 안정을 찾고 그 안에서 다름을 알아가고 인정하려 하기 때문에 장애우에게 마음을 열고 먼저 다가서는 친구는 찾기 어렵다. 자기의 장애를 인정하고 열린 마음으로 친구들에게 먼저 다가서지 않으면 좋은 관계를 맺기 힘들 수 있다.

그러면 어떻게 장애우를 친구들과 소통하고 마음을 나누도록 할 수 있을까. 아이의 상태와 필요한 도움을 친구들에게 자세하고 정확하게 알리는 것은 큰 도움이 될 수 있다. 다른 아이들에게도 필요한 일이지만 장애우에게 있어서는 통합 교육의 기본이라 할 만큼 중요한 일이다.

학년 초나 아이가 친구들을 처음 만나게 되는 시기에 알려주는 것이 좋다. 이것을 학교에서 통합 교육의 원칙으로 한다면 좋겠다. 그 단계의 아이들 수준에 맞는 이야기나 편지글의 형식으로 아이가 장애를 가지게 된 원인, 자라면서 받았던 치료, 힘들었던 일이나 사건, 부모님이 학교에서 어떻게 생활하길 바란다는 것과 어떤 경우 어떤 도움이 필요한지 등을 알려준다면 친구들은 장애우를 더 가깝게 느끼고 기꺼이 도와주려는 마음과 태도를 가질 것이다. 또는 시간이 걸리더라도 모든 아이들 각자의 성장과정이나 꿈과 희망을 친구들과 나눌 수 있다면 금상첨화일 수 있다. 배움이라는 것이 지식을 습득하는 것만이 아니라 서로를 돌아보고 사람을 이해하는 과정에서 생각이 넓고 깊어지는 과정이라면, 서로의 진정한 배움과 성장을 위해 모두에게 매우 의미 있는 시간이 될 것이다.

또 장애우와 부모는 담임 교사나 학과목 교사들과도 긴밀하게 소통해야 한다. 아이가 학교에서 어떤 도움을 받기를 원하고 집에서는 어떤 도움을 줄 수 있는지 구체적으로 이야기 나누어야 한다. 이런 소통과 상호 협력이 어려운 학교라면, 아이의 수준과 상황을 포용하고 도와 줄 수 있는 다른 곳을 찾아야 한다. 수학을 몹시 어려워했던 내 아이의 경우 교사들의 배려로 선생님과 거의 일대일 수업을 할 수 있었고, 체육 시간에는 신체 조건을 고려하여 무리하지 않도록 활동을 조정해 주었다.

아이가 할 수 있는 것과 하기 어려운 것에 대한 교사와의 긴밀한 소통이 아이의 눈높이 학습을 가능하게 해 주었다. 도전할 수 있는 목표를 아이와 함께 설정하여 교사들과 소통한다면, 적절한 배움과 학습으로 건강한 성장을 이룰 수 있을 것이다.

병은 알리고 싸움을 말리라는 속담처럼 장애를 감추거나 부끄럽게 여기지 말고, 정확하게 알리고 소통하여야 자유롭게 배우고 건강하게 성장 할 것이다.

나만큼 너도 힘들다

장애우는 배려 받아야 한다. 그러나 장애우도 상대를 배려해야 한다. 마음 편히 배려 받고 기분 좋게 배려하려면 서로 양보하고 존중하는 마음을 가져야 한다. 아이도 부모도 마찬가지다.

몸이 불편한 장애우는 몸이 불편해서 힘이 들지만 곁에 있는 친구는 마음이 불편해서 힘이 들 때가 있다. 곁에 신경 쓰고 배려해야 할 사람이 있다는 것만으로도 긴장이 되거나 과하면 스트레스를 받기도 한다. 장애가 없다고 힘이 남아돌거나 마음에 여유가 넘쳐 양보하고 배려하는 것이 아니다. 상대를 위해 신경 써서 마음을 내고 몸을 쓰는 사랑의 행위인 것이다.

간혹 역차별에 대한 문제제기는 장애우에 대한 일방적인 희생과 인내가 강요되거나 윤리와 도덕적 잣대로 무조건적 비난을 받아야 하는 경우에 일어난다.

장애우니까 무엇을 해도 눈감아 주거나 언제 어디서나 무조건 양보와 배려를 받아야 하는 건 아니다. 그것은 동정, 연민 그 이상이 될 수 없다. 교육은 보육을 넘어서는 곳에서 이루어져야 하며 진정한 배움과 성장은 자신을 돌아보고 아픈 채찍질을 이겨내려는 노력과 자신의 한계를 넘어서는 고통이 수반되는 것이기 때문이다.

감사의 마음으로 양보나 배려를 받아야 하고 또 스스로 할 수 있는 일은 최선의 노력을 다 하여야 한다. 동료들이 자기로 인해 불편하지 않도록 마음을 쓰고 가능한 범위에서 상대를 배려한다면, 누구도 장애우를 힘들어하지 않을 것이다.

어떤 장애우는 가는 곳마다 사람들의 도움을 받아야하지만 감사의 인사를 놓치지 않으며, 말 한마디에도 애정을 담아 주변 사람의 마음을 편안하게 해주고 또 언제나 먼저 양보를 하여 뭇사람들의 사랑과 칭찬을 받는다. 사람들은 힘과 몸으로 그를 돕고 그는 선한 미소와 따뜻한 마음으로 사람들과 어울린다.

장애의 유무, 경중을 넘어 그 사람의 마음씨와 인격이, 크고 작은 단위의 조직과 사회 속에서 조화와 성장을 이룰 수 있음을 보여준다.

장애우는 배려와 보호를 받아야 하지만 상대방의 인내와 기꺼운 희생을 당연시하는 태도로는 진정한 내적 성장을 이룰 수 없다.

장애우에 대한 차별과 편견을 없애자거나, 더 많은 양보와 배려를 주장하기 전에, 다른 사람들도 윤리적 이상과 도덕적 가치를 수용하고 실천하기 위해 애를 쓰고 있으며 장애의 이면에서 상처 받거나 힘들 수 있다는 걸 전제해야 한다.

사랑도 배려도 일방통행이 아니라 쌍방통행이어야 지치지 않고 오래 지속될 수 있다. 이해 받고 사랑받고 싶은 사람 마음은 누구나 다 똑같기 때문이다.

탄탄한 기본이 창의성을 이루듯, 사람에 대한 깊은 이해가 장애와 장애우에 대한 건강한 인식을 만들고 상황과 형편에 따른 다양한 배려와 도움을 이끌어 낼 수 있을 것이다.

장애와 장애우보다 사람과 삶에 대한 관심과 사랑이 먼저다.